Eduard Wellmann

Die Philosophie des Stoikers Zenon

Antigonos

Eduard Wellmann

Die Philosophie des Stoikers Zenon

Unveränderter Nachdruck der Originalausgabe von 1873.

1. Auflage 2024 | ISBN: 978-3-38645-701-9

Antigonos Verlag ist ein Imprint der Outlook Verlagsgesellschaft mbH.

Verlag: Outlook Verlag GmbH, Zeilweg 44, 60439 Frankfurt, Deutschland info@outlook-verlag.de
Vertretungsberechtigt: E. Roepke, Zeilweg 44, 60439 Frankfurt, Deutschland
Druck: Libri Plureos GmbH, Friedensallee 273, 22763 Hamburg, Deutschland

DIE PHILOSOPHIE

DES

STOIKERS ZENON.

INAUGURAL-DISSERTATION

DER

PHILOSOPHISCHEN FACULTÄT DER UNIVERSITÄT ROSTOCK

VORGELEGT VON

EDUARD WELLMANN,

GYMNASIALLEHRER.

LEIPZIG,

DRUCK VON B. G. TEUBNER,

1873.

DIE PHILOSOPHIE DES STOIKERS ZENON.*

Wenn nicht Chrysippos gekommen wäre, so gäbe es keine
stoa, so sagte man schon im altertum und nannte diesen philosophen
den zweiten gründer des stoischen systems. hatte eine solche ansicht bereits zu den zeiten des Diogenes von Laërte ihre berech-
tigung, so ist sie vollends zutreffend für die gegenwart: denn was
wir genaueres und eingehenderes über die stoische weltanschauung
wissen, ist zum allergrösten teil auf Chrysippos entweder geradezu
als urheber oder doch als mitteilungsquelle zurückzuführen. es
scheint als ob seine zahlreichen, alle gebiete der philosophie behandelnden schriften für die folge so sehr das selbständige studium des
stoicismus in seiner frühern gestalt verdrängten, dasz man dieselben
ohne weiteres als urkunden der stoischen philosophie überhaupt be-
nutzte und nur gelegentlich und beiläufig auf die nicht immer un-
bedeutenden abweichungen achtete, in welchen sich Chrysippos von
der altstoischen lehre des Zenon, Kleanthes, Ariston entfernt hatte.
offenbar hatte man in der spätern zeit, wo die uns erhaltenen quellen

---

* die nachstehende arbeit war im wesentlichen bereits abgeschlossen,
als dem vf. die denselben gegenstand behandelnde inauguraldissertation
von GPWeygoldt (Zeno von Cittium und seine lehre; ein versuch
den Zenonischen anteil am stoicismus auf grund der quellen auszu-
scheiden, Jena 1872) zu gesicht kam. W. hat seinen stoff doch vielfach
anders behandelt und gelangt zum teil zu anderen ergebnissen, namentlich aber hat er auf die wörtliche anführung von belegstellen fast
durchweg verzichtet, während der vf. der folgenden abhandlung sich
bemühte das quellenmaterial über Zenon möglichst vollständig zu sammeln (und daher für jeden beitrag zur ergänzung desselben sehr dank-
bar sein würde). auch nach der arbeit von Weygoldt, auf welche in
den anmerkungen bei den bemerkenswerten abweichungen bezug genommen ist, erschien deshalb die veröffentlichung des folgenden nicht
unberechtigt.

eines Cicero, Plutarch, Diogenes ua. flieszen, eine viel genauere bekanntschaft mit Chrysippos lehre und schriften als mit denen seiner vorgänger und übertrug daher sogar oft, wenn auch unbewust, auf den stoicismus überhaupt, was nur von dem nachchrysippischen behauptet werden durfte.

Bei diesen eigentümlichen verhältnissen haben denn die bisherigen darsteller des stoicismus auch unter den neueren darauf verzichtet ihn von seinen ursprüngen aus zu entwickeln und seine allmähliche ausbildung schrittweise zu verfolgen, sondern ihn in seiner spätern, hauptsächlich durch Chrysippos bestimmten gestalt dargestellt mit gelegentlicher angabe der etwaigen abweichenden ansichten früherer. nur WGTennemann wollte in seiner geschichte der philosophie (band 4, Leipzig 1803) von dieser behandlungsweise eine ausnahme machen. 'die geschichte der stoischen philosophie' urteilt er (vorr. s. IV) 'darf sich nicht begnügen das leben des Zenon und seiner schüler zu erzählen und dann das stoische system, zu welchem bald dieser bald jener stoiker einen beitrag geliefert, nach einer gewissen ordnung zusammengereiht darzustellen, sie musz vielmehr das gedankensystem jedes einzelnen stoikers sondern und auf diesem wege zeigen, wie sich das system der stoa gebildet hat.' allein abgesehen von der höchst störenden anlegung des Kantschen maszstabes an alle alten systeme, also auch an den stoicismus, hat Tennemann auszerdem die scheidung der Zenonischen elemente von den zusätzen späterer teils nicht mit genügender sorgfalt vorgenommen, teils über die gründe, welche ihn im einzelnen falle bestimmten ein in den quellen blosz allgemein als stoisch bezeichnetes dogma dem gründer des systems beizulegen, keine auskunft.gegeben. es ist mithin die oben erwähnte lobenswerte absicht doch nicht zur ausführung gelangt. denn noch bevor er an die behandlung des einzelnen herangeht, gelangt Tennemann bereits (s. 24) zu folgendem resultate: 'die sätze, welche das wesen des stoicismus ausmachen, dürfen wir, als das materiale des systems betrachtet, ohne bedenken dem Zenon zuschreiben; denn von den meisten lassen sich historische belege geben, dasz sie Zenons behauptungen waren. die wenigen sätze, bei welchen dieses noch zweifelhaft bleibt, können als mit jenen zusammenhängend um so eher an diesem orte (wo eben von Zenon geredet werden soll) vorgetragen werden, weil sie keinen schicklicheren platz finden.'

Da bei einem solchen verfahren erstlich wenigstens in gewissem grade zweifelhaft bleibt, welches gerade die sätze sind, die das wesen des stoicismus ausmachen, und sodann die gefahr nahe liegt dem Zenon manches mit unrecht zuzuschreiben, so dürfte es sich empfehlen auf einem andern mehr inductiven wege die älteste form des stoicismus zu ermitteln, indem man zunächst untersucht, welche von den lehrsätzen, die unsere quellen auf Zenon zurückführen, aus innern und äuszern gründen mit gröster wahrscheinlichkeit ihm zugeschrieben werden können. ist auf diese weise erst ein echter kern der lehre Zenons gewonnen, so wird sich alsdann mit gröszerer sicherheit feststellen lassen was, auch ohne durch äuszere zeugnisse hinlänglich als sein eigentum gesichert zu sein, dennoch wegen des engen zusammenhangs mit echt Zenonischen gedanken nicht wol ein ergänzender zusatz späterer sein kann, sondern schon dem Zenon selbst angehören wird.

Insbesondere dienen uns zur prüfung der glaubwürdigkeit der überlieferung folgende gesichtspuncte:

1) was als wörtliches citat aus einer bestimmt genannten schrift Zenons angeführt wird, ist trotz der sonst vielleicht oft zweifelhaften glaubwürdigkeit des berichtenden schriftstellers als echt zu betrachten.

2) findet sich das dem Zenon zugeschriebene dogma bereits bei einem seiner lehrer und erscheint es auszerdem seinem bildungsgange und charakter angemessen, so wird die echtheit wahrscheinlich.

3) gerathen die nächsten nachfolger Zenons über die richtige erklärung eiues satzes untereinander in streit, oder wird geradezu berichtet, dasz spätere stoiker in einem bestimmten puncte von dem stifter der schule abwichen, so haben wir ein stück des ursprünglichen stoicismus vor uns.

4) eine annahme, die sich übereinstimmend bei allen stoikern findet und ohne deren ursprüngliches vorhandensein sich die spätere gestalt des systems nicht erklären läszt, gehört der grundlage desselben, somit dem urheber an.

Aller vorsichtsmaszregeln ungeachtet wird jedoch im folgenden vielfach über eine gewisse wahrscheinlichkeit nicht hinauszukommen sein, und es wird daher einer schärfern kritik vielleicht manches hier aufgestellte zum opfer fallen; allein selbst wenn ein groszer teil des behaupteten diesem schicksal anheimfiele, so wird doch die zusammenstellung des behandelten stoffes für einen spätern bearbeiter unseres gegenstandes nicht ganz wertlos sein. auch dürfte kein kundiger in abrede stellen, dasz auf einem so unsichern boden, wie wir ihn hier zu betreten haben, das straucheln verzeihlich und das gewinnen eines sichern gebahnten weges stellenweise unmöglich ist.

Zenons bildungsgang und charakter.

Bevor wir uns zu der lehre Zenons wenden, scheint es nicht unangemessen mit wenigen worten an dasjenige aus seinem leben zu erinnern, was für die beurteilung seiner ansichten von belang ist. es wird also weniger auf die ohnehin unzuverlässigen einzelheiten als auf den allgemeinen bildungsgang und den charakter des philosophen ankommen.[1]

---

[1] vgl. zum folgenden Zeller phil. d. Gr. III² 1 s. 27 ff. Weygoldt s. 3—6 gelangt durch eine dreifache berechnung aus den überlieferten chronologischen angaben über das leben Zenons zu folgenden daten: Zenon, um 354 geboren, wurde 324 schüler des Krates, gründete 304 eine eigene schule und starb 274 vor Ch.

Geboren auf der grenzscheide hellenischer und orientalischer bildung, zu Kition auf der insel Kypros, kam Zenon im beginn seines mannesalters nach Athen, um sich fortan, sei es in folge eines zufalls, sei es nach früherer absicht, der philosophie zu widmen. durch das lesen der denkwürdigkeiten Xenophons angeregt suchte er nach einem würdigen abbild des weisen Sokrates und glaubte ein solches in dem kyniker K r a t e s zu finden. ein längerer verkehr mit demselben vermochte jedoch nicht ihn dauernd zu befriedigen, und so verliesz er die kynische roheit, um sich bei S t i l p o n der megarischen dialektik in die arme zu werfen. allein auch diese schule genügte dem wissensdurste unsers philosophen nicht auf die dauer: denn man berichtet dasz er später noch eine reihe von jahren den akademiker P o l e m o n (vielleicht auch bereits dessen vorgänger X e n o k r a t e s) hörte. erst nach zwanzigjährigem studium, welches ihn gleichfalls mit den schriften früherer philosophen bekannt machte, gründete er in der stoa poikile eine eigene schule. er erwarb sich nicht nur als lehrer der weisheit zahlreiche schüler, sondern auch durch seinen streng sittlichen lebenswandel von sprichwörtlicher einfachheit unter anderem die freundschaft des makedonischen königs Antigonos Gonatas und die höchste anerkennung von seiten der Athener, welche ihn mit einem goldenen kranze, einer bildseule und, als er in hohem alter starb, durch ehrenvolle bestattung auszeichneten. trotz seines langjährigen aufenthaltes in Athen nahm er das bürgerrecht dieser stadt nicht an, sondern zog es vor der Kitier zu heiszen. als er in folge eines unglücklichen falles sich einen finger brach, sah er hierin einen wink des schicksals und gab sich, indem er die erhabenen worte der Sophokleischen Niobe: ʿich komme. was rufst du mich?ʼ wiederholte, mit eigner hand den tod, getreu den grundsätzen, die er sein langes leben hindurch mit wort und beispiel vertreten hatte, im tode wie im leben ein bewundertes vorbild noch für ferne geschlechter.

Zenons schriften.

Als schriftsteller musz Zenon, nach den andeutungen der alten zu urteilen, sich weniger durch gewandte, glatte darstellung als vielmehr durch eine gewisse originalität und kunstlosigkeit des ausdrucks, die mitunter in schwerfälligkeit ausarten mochte, ausgezeichnet haben.[2]

Ein aus zwanzig titeln bestehendes verzeichnis seiner schriften, von deren gröstem teile auszer diesen titeln so gut wie nichts bekannt ist, gibt Diogenes Laertios.[3] auszerdem werden von dem-

---

[2] dasz Zenon viel citiert habe, wird nur von Diog. X 27 gelegentlich bemerkt und dürfte doch leicht auf einer verwechselung mit Chrysippos beruhen (gegen Weygoldt s. 12). [3] VII 4 γέγραφε δὲ πρὸς τῇ πολιτείᾳ καὶ τάδε· περὶ τοῦ κατὰ φύcιν βίου, περὶ ὁρμῆc ἢ περὶ ἀνθρώπου φύcεωc, περὶ παθῶν, περὶ τοῦ καθήκοντοc, περὶ νόμου, περὶ τῆc Ἑλληνικῆc παιδείαc, περὶ ὄψεωc, περὶ τοῦ ὅλου, περὶ cημείων, Πυθαγορικά,

selben Diogenes noch drei andere werke gelegentlich citiert und von
Stobäos ein viertes, welche sich unter den obigen zwanzig nicht finden, so dasz es sich fragt, ob sie sich dort nur unter einem andern
titel verstecken oder ganz unerwähnt geblieben sind.

Fassen wir zunächst die schriften ins auge, von denen doch
etwas mehr bekannt ist als der blosze name, so musz an erster stelle
die πολιτεία erwähnt werden, weil sie am häufigsten von allen
werken Zenons citiert wird und jedenfalls zu den frühesten erzeug-
nissen ihres verfassers gehört. denn sie wurde verfaszt, als Zenon
noch schüler des Krates und gänzlich in den banden des kynismos
befangen war, was sich deutlich genug in ihrem inhalt zeigt, über
dessen stark kynische färbung man schon im altertum witzelte.[4]
wenn bei Plutarch[5] berichtet wird, Zenon habe gegen die politeia
des Platon geschrieben, so unterliegt es wol keinem zweifel, dasz
hier die gleichnamige schrift des stoikers gemeint ist. dieser hätte
demnach zu dem idealstaate des begründers der akademie ein gegen-
stück in kynischem sinne liefern wollen. dazu stimmt auch alles
was an einzelheiten aus dem werke mitgeteilt wird.[6] so erklärte
Zenon die ἐγκύκλιος παιδεία, dh. die gesamten schulwissenschaften,
in denen der freigeborene Grieche unterwiesen wurde, für unnütz,
während Platon in seinem staate den sorgfältigsten unterricht durch
eine lange reihe von jahren gefordert hatte. dies erscheint seltsam
im munde eines mannes, der selbst ein so reges wissenschaftliches
interesse zeigte — und allerdings ist es ein gegner des Zenon, der
skeptiker Cassius, der ihm diese behauptung zuschreibt — allein bei
dem deutlichen hinweis auf eine bestimmte stelle der politeia (ἐν

καθολικά, περὶ λέξεων, προβλημάτων Ὁμηρικῶν πέντε, περὶ ποιητικῆς
ἀκροάσεως. ἔστι δ᾽ αὐτοῦ καὶ τέχνη καὶ λύσεις καὶ ἔλεγχοι δύο, ἀπομνημονεύματα Κράτητος, ἠθικά. καὶ τάδε μὲν τὰ βιβλία.

[4] Diog. VII 4 ἕως μὲν οὖν τινὸς ἤκουε τοῦ Κράτητος· ὅτε καὶ τὴν
πολιτείαν αὐτοῦ γράψαντος, τινὲς ἔλεγον παίζοντες ἐπὶ τῆς τοῦ κυνὸς
οὐρᾶς αὐτὴν γεγραφέναι. [5] de Stoic. rep. 8, 2 ἀντέγραψε . . πρὸς
τὴν Πλάτωνος πολιτείαν. [6] Diog. VII 32 ἔνιοι μέντοι, ἐξ ὧν εἰσὶν οἱ
περὶ Κάσσιον τὸν σκεπτικόν, ἐν πολλοῖς κατηγοροῦντες τοῦ Ζήνωνος,
πρῶτον μὲν τὴν ἐγκύκλιον παιδείαν ἄχρηστον ἀποφαίνειν λέγουσιν ἐν
ἀρχῇ τῆς πολιτείας, δεύτερον ἐχθροὺς καὶ πολεμίους καὶ δούλους καὶ
ἀλλοτρίους λέγειν αὐτὸν ἀλλήλων εἶναι πάντας τοὺς μὴ σπουδαίους, καὶ
γονεῖς τέκνων καὶ ἀδελφοὺς ἀδελφῶν, καὶ οἰκείους οἰκείων· (33) πάλιν
ἐν τῇ πολιτείᾳ παριστάντα πολίτας καὶ φίλους καὶ οἰκείους καὶ ἐλευθέρους
τοὺς σπουδαίους μόνον, ὥστε τοῖς στωικοῖς οἱ γονεῖς καὶ τὰ τέκνα ἐχθροί·
οὐ γάρ εἰσι σοφοί. κοινάς τε τὰς γυναῖκας δογματίζειν ὁμοίως ἐν τῇ
πολιτείᾳ καὶ κατὰ τοὺς διακοσίους στίχους, μήθ᾽ ἱερὰ μήτε δικαστήρια
μήτε γυμνάσια ἐπὶ ταῖς πόλεσιν οἰκοδομεῖσθαι. περί τε νομίσματος οὕτως
γράφειν «νόμισμα δ᾽ οὔτ᾽ ἀλλαγῆς ἕνεκεν οἴεσθαι δεῖν κατασκευάζειν
οὔτ᾽ ἀποδημίας ἕνεκεν.» καὶ ἐσθῆτι δὲ τῇ αὐτῇ κελεύει χρῆσθαι καὶ
ἄνδρας καὶ γυναῖκας καὶ μηθὲν μόριον ἀποκεκρύφθαι. (34) ὅτι δ᾽ αὐτοῦ
ἐστὶν ἡ πολιτεία καὶ Χρύσιππος ἐν τῷ περὶ πολιτείας φησί. περί τ᾽
ἐρωτικῶν διείλεκται κατὰ τὴν ἀρχὴν τῆς ἐπιγραφομένης ἐρωτικῆς τέχ-
νης· ἀλλὰ καὶ ἐν ταῖς διατριβαῖς τὰ παραπλήσια γράφει. τοιουτότροπά
τινά ἐστι παρὰ τῷ Κασσίῳ, ἀλλὰ καὶ Ἰσιδώρῳ τῷ Περγαμηνῷ ῥήτορι.

ἀρχῇ τῆς πολιτείας) musz etwas wahres daran sein, und es bleibt nur zweifelhaft, in welchem zusammenhange jene äuszerung stand. wahrscheinlich wurde nur die wertlosigkeit der schulwissenschaften im vergleich zu der einzig wahren wissenschaft, der philosophie, möglichst schroff hingestellt oder die nutzlosigkeit aller wissenschaftlichen kenntnisse für die erlangung der tugend behauptet, ganz in übereinstimmung mit der lehre des Antisthenes, dem zufolge die tugend sache des handelns ist und weder vieler worte noch unterweisungen bedarf.[7]

Gleich anstöszig war es dem Cassius, wenn Zenon in derselben schrift äuszerte, freundschaft sei nur unter den weisen und guten möglich, der wahre philosoph stehe deshalb allen andern menschen, selbst seinen nächsten blutsverwandten, feindlich gegenüber und sei allein ein wahrhaft freier zu nennen. ähnliches lehrten vorher Antisthenes[8] und Krates (nach Clemens strom. II 413 ᵃ).

Wenn der Zenonische idealstaat, wie es scheint, nur philosophen zu seinen bürgern hatte, so erklärt sich am ersten, wie in demselben mit der bestehenden religion und sitte so völlig gebrochen werden konnte, dasz weder göttertempel[9] noch gerichtshöfe noch gymnasien bestehen blieben. wozu gebäude von menschenhand, wenn die götter nach des kynikers Krates meinung von dem weisen nicht durch äuszere opfer, sondern durch tugend verehrt werden (Julian or. VI 200 ᵃ)? wozu gerichtshöfe, wo überall gerechtigkeit waltet? wozu gymnasien, wenn körperkraft und gewandtheit ohne wert sind? aber noch mehr. dieser staat des stoikers durchbricht auch — und das war dem damaligen geschlechte wol das ärgste — die schranken der familie und der nationalität. der unterschied der beiden geschlechter in der kleidung wird beseitigt, an die stelle der ehe tritt weibergemeinschaft[10], die gemeinden, die gauverbände, die staaten hören auf samt ihren besonderen satzungen und rechten, es gibt nur noch éin groszes vaterland, die welt, mit éinem gemeinsamen gesetz, die ganze menschheit bildet gleichsam éine grosze herde mit einerlei lebensweise und sitte.[11] das geld wird überflüssig: denn

---

[7] Diog. VI 11: Antisthenes ansicht war: τὴν ἀρετὴν τῶν ἐργῶν εἶναι, μήτε λόγων πλείςτων δεομένην μήτε μαθημάτων. [8] Diog. VI 12: Antisthenes lehrte dem Diokles zufolge: οἱ ςπουδαῖοι φίλοι . . . . τὸν δίκαιον περὶ πλείονος ποιεῖςθαι τοῦ ςυγγενοῦς. [9] vgl. noch Clemens strom. V 426 λέγει δὲ καὶ Ζήνων ὁ τῆς ςτωικῆς κτίςτης αἱρέςεως ἐν τῷ τῆς πολιτείας βιβλίῳ, μήτε ναοὺς δεῖν ποιεῖν μήτε ἀγάλματα, μηδὲν γὰρ εἶναι τῶν θεῶν ἄξιον καταςκεύαςμα· καὶ γράφειν οὐ δέδιεν αὐταῖς λέξεςι τάδε· ἱερά τε οἰκοδομεῖν οὐδὲν δεήςει· ἱερὸν γὰρ μὴ πολλοῦ ἄξιον καὶ ἅγιον οἰκοδόμων ἔργον καὶ βαναύςων. ferner Plut. de Stoic. rep. 6, 1 ἔτι δόγμα Ζήνωνός ἐςτιν, ἱερὰ θεῶν μὴ οἰκοδομεῖν· ἱερὸν γὰρ μὴ πολλοῦ ἄξιον καὶ ἅγιον οὐκ ἔςτιν· οἰκοδόμων δ' ἔργον καὶ βαναύςων οὐδέν ἐςτι πολλοῦ ἄξιον. [10] Diog. VII 131 ἀρέςκει δ' αὐτοῖς (sc. τοῖς ςτωικοῖς) καὶ κοινὰς εἶναι τὰς γυναῖκας δεῖν παρὰ τοῖς ςοφοῖς, ὥςτε τὸν ἐντυχόντα τῇ ἐντυχούςῃ χρῆςθαι, καθά φηςι Ζήνων ἐν τῇ πολιτείᾳ καὶ Χρύςιππος ἐν τῷ περὶ πολιτείας. [11] Plutarch de Alex. s. virt. s. fort. or. 1, 6 καὶ μὴν ἡ πολὺ θαυμαζομένη πολιτεία τοῦ τὴν ςτωικῶν

man kauft nichts ein, noch kann man es etwa auf reisen in der
fremde als tauschmittel gebrauchen, weil der unterschied von heimat
und fremde ja gleichfalls verschwunden ist. eine gottheit, Eros, der
gott der freundschaft und der freiheit, der stifter der eintracht,
waltet schützend und segnend in diesem gemeinwesen. [12] Eros galt
dem Griechen auch als beschützer der liebe und freundschaft unter
männern und jünglingen, und besonders erscheint die freundschaft
des gereiften mannes zu dem heranwachsenden jüngling (zb. des Sokrates zu Phädon) als erotisches verhältnis, weil sie doch auf der
einen seite immer den charakter der zärtlichkeit trägt. es ist daher
sehr natürlich dasz Zenon in der politeia dem weisen die freundschaft
mit edelgesinnten jünglingen empfahl [13], und man hat dabei keineswegs an ein unsittliches verhältnis zu denken trotz einer aus derselben schrift citierten sehr kynisch lautenden äuszerung [14], auf
welche wir gleich unten (anm. 16) bei gelegenheit eines andern
buches zurückkommen. das heiraten, welches Zenon in seinem staate
dem weisen nach dem zeugnis des Diogenes vorschrieb [15], kann neben
der geforderten weibergemeinschaft jedenfalls nur in einem sehr allgemeinen sinne gemeint gewesen sein.

Dieses wenige ist alles was wir von Zenons politeia wissen;
aber so wenig es auch ist, so ist es doch ausreichend, um den scharfen gegensatz zu Platon erkennen zu lassen. gleich rücksichtslos
wie dieser, ja fast noch radicaler gegenüber den bestehenden verhältnissen, obwol in einzelnen puncten wie in der weibergemeinschaft mit ihm übereinstimmend, hat Zenon doch ein ganz anderes
ziel vor augen. der kastenartigen hierarchischen gliederung stellt er
die vollkommenste gleichheit aller gegenüber; dem aristokratischen
Platon gegenüber erscheint er als der reinste demokrat; im vergleich
mit dem kunstsinnigen Athener, der die sorgfältigste allseitige ausbildung des geistes und des körpers fordert, bleibt Zenon mit seiner
hintansetzung alles äuszern und angelernten gegenüber dem éinen,

---

αἵρεciν καταβαλομένου Ζήνωνος εἰc ἓν τοῦτο cυντείνει κεφάλαιον, ἵνα
μὴ κατὰ πόλεις μηδὲ κατὰ δήμους οἰκῶμεν, ἰδίοιc ἕκαστοι διωριcμένοι
δικαίοιc, ἀλλὰ πάντας ἀνθρώπους ἡγώμεθα δημότας καὶ πολίτας, εἷc δὲ
βίος ᾖ καὶ κόcμος, ὥcπερ ἀγέλης cυννόμου νόμῳ κοινῷ cυντρεφομένης.
τοῦτο Ζήνων μὲν ἔγραψεν ὥcπερ ὄναρ ἢ εἴδωλον εὐνομίας φιλοcόφου
καὶ πολιτείας ἀνατυπωcάμενος· Ἀλέξανδρος δὲ τῷ λόγῳ τὸ ἔργον
παρέcχεν.

[12] Athenäos XIII 561[c] Ποντιανὸς δὲ Ζήνωνα ἔφη τὸν Κιτιέα ὑπολαμ-
βάνειν τὸν Ἔρωτα θεὸν εἶναι φιλίας καὶ ἐλευθερίας ἔτι δὲ καὶ ὁμονοίας
παραcκευαcτικόν, ἄλλου δ᾽ οὐδενός. διὸ καὶ ἐν τῇ πολιτείᾳ ἔφη τὸν
Ἔρωτα θεὸν εἶναι cυνεργὸν ὑπάρχοντα πρὸς τὴν τῆc πόλεωc cωτηρίαν.
[13] Plutarch quaest. conv. 3, 6, 1 ὡc ἔγωγε νὴ τὸν κύνα καὶ τοῦ
Ζήνωνος ἂν ἐβουλόμην, ἔφη, διαμηριcμούc ἐν cυμποcίῳ τινὶ καὶ παιδιᾷ
μᾶλλον ἢ cπουδῆc τοcαύτης ἐχομένῳ cυγγράμματι, τῇ πολιτείᾳ, κατα-
τετάχθαι. [14] Diog. VII 129 καὶ ἐραcθήcεcθαι δὲ τὸν cοφὸν τῶν νέων
τῶν ἐμφαινόντων διὰ τοῦ εἴδους τὴν πρὸς ἀρετὴν εὐφυῖαν, ὥc φηcι
Ζήνων ἐν τῇ πολιτείᾳ. [15] Diog. VII 121 καὶ γαμήcειν (sc. τὸν
cοφόν), ὡc ὁ Ζήνων φηcὶν ἐν πολιτείᾳ, καὶ παιδοποιήcεcθαι.

was not ist, ein halb barbarischer schwärmerischer orientale. sucht Platon in seinem staat ein mittel die absolute herschaft der idee zu verwirklichen, so beabsichtigt dagegen Zenon in dem seinigen die unbeschränkte freiheit des einzelnen ins leben zu rufen. kann man in Platons staat gewissermaszen eine anticipation der mittelalterlichen hierarchie finden, so erinnert Zenons phantasiebild eher an den communismus, socialismus und die frauenemancipation unserer tage.

Mit der politeia berührten sich in ihrem erotischen inhalt zwei andere von Diogenes in dem obigen verzeichnis gleichfalls erwähnte schriften: 1) die ἐρωτικὴ τέχνη (vgl. über dieselbe oben anm. 6 am ende), in dem verzeichnis blos als τέχνη bezeichnet, ein sonst nicht erwähntes werk — und 2) die διατριβαί. aus diesen citiert Sextos Empeirikos nicht weniger als dreimal dieselbe ihm besonders anstöszige stelle, an welcher behauptet wurde, es sei bei dem fleischlichen genusz völlig unerheblich, ob derselbe mit einer person des gleichen oder des andern geschlechts, ja sogar ob er etwa wie bei Oedipus mit der eignen mutter vollzogen werde, er sei eben ein genusz wie alle übrigen, und könne daher, wenn er erfreue und nützliche folgen habe, keinerlei schimpf verursachen. [16] dasz Zenon etwas derartiges wirklich geäuszert hat, müssen wir, so unglaublich es erscheint, wol zugeben: denn auch Plutarch (s. oben anm. 13) kennt aus der politeia eine stelle ähnlichen inhalts. es kann sich daher nur fragen, wie solche behauptungen im munde Zenons gemeint waren. allein bei einem philosophen, dessen sittenreinheit und strenge einfachheit so offenkundig waren, dasz sie zum sprichwort wurden, der sich als schüler des Krates an die kynische schamlosigkeit nicht gewöhnen konnte [17], der ein feines gefühl für weibliche sittsamkeit besasz (Clemens paed. III 253 [c], s. anm. 101) und in seiner ethik überhaupt die selbstbeherschung so hoch stellte, kurz gerade bei dem gründer des stoicismus wäre es doch mehr als gewagt eine empfehlung der blutschande und päderastie in allem ernste für möglich zu halten. wol aber läszt sich umgekehrt annehmen, dasz Zenon in einer polemik gegen die unter den Griechen übliche milde beurteilung geschlechtlicher verirrungen ausführte, wie bei so laxer moral sich schlieszlich consequenterweise selbst gegen die unnatür-

---

[16] Sextos hypot. III 245 οἷον γοῦν ὁ αἱρεσιάρχης αὐτῶν Ζήνων ἐν ταῖς διατριβαῖς φηcὶ περὶ παίδων ἀγωγῆς ἄλλα τε ὅμοια καὶ τάδε· «διαμηρίζειν μηδὲν μᾶλλον μηδὲ ἧccον παιδικὰ ἢ μὴ παιδικά, μηδὲ θήλεα ἢ ἄρρενα· οὐ γὰρ παιδικοῖc ἄλλα ἢ μὴ παιδικοῖc οὐδὲ θηλείαιc ἢ ἄρρεcιν, ἀλλὰ ταὐτὰ πρέπει τε καὶ πρέποντα ἐcτίν.» περὶ δὲ τῆc εἰc τοὺc γονεῖc ὁcιότητοc ὁ αὐτὸc ἀνήρ φηcιν εἰc τὰ περὶ τὴν Ἰοκάcτην καὶ τὸν Οἰδίποδα ὅτι οὐκ ἦν δεινὸν τρίβειν τὴν μητέρα. «καὶ εἰ μὲν ἀcθενοῦcαν ἕτερόν τι μέροc τοῦ cώματοc τρίψαc ταῖc χερcὶν ὠφέλει, οὐδὲν αἰcχρόν· εἰ δὲ ἕτερα μέρη τρίψαc εὔφραινεν, ὀδυνωμένην παύcαc, καὶ παῖδαc ἐκ τῆc μητρὸc γενναίουc ἐποίηcεν, αἰcχρόν;» vgl. c. math. XI 190 hypot. III 205.   [17] Diog. VII 3 ἐντεῦθεν ἤκουε τοῦ Κράτητοc, ἄλλωc μὲν εὔτονοc πρὸc φιλοcοφίαν, αἰδήμων δὲ ὡc πρὸc τὴν κυνικὴν ἀναιcχυντίαν, wozu dann eine anekdote als beleg gegeben wird.

lichsten laster und verbrechen auf diesem gebiete kein triftiger einwand erheben lasse. die drastische und derb kynische ausdrucksweise konnte dann spätere oberflächliche leser wie Sextos verleiten unsern philosophen total miszuverstehen und aus seinen worten gerade das gegenteil von dem herauszulesen, was er gemeint hatte.

Der umstand dasz nach Diogenes (VII 163) auch Ariston ein werk unter dem titel ἐρωτικαὶ διατριβαί und Kleanthes διατριβῶν δύο (Diog. VII 175) schrieb, könnte den verdacht erwecken, spätere hätten das werk eines schülers dem lehrer irrtümlich zugeschrieben, und das fehlen des titels in dem von Diogenes wol eher irgend woher entlehnten als selbständig angefertigten verzeichnisse, eine um so auffälligere erscheinung, weil Diogenes später selbst die diatriben als Zenonisch anführt (vgl. anm. 6 gegen ende), erklärte sich bei dieser annahme sehr natürlich. jedenfalls gibt uns der inhalt kein recht die schrift dem verfasser der politeia abzusprechen. — Eine ἐρωτικὴ τέχνη schrieb nach Diogenes (VII 175) auch Kleanthes.

Kämmel (in Schmids pädag. encycl. VII s. 276) zieht bei Sextos, wo an zwei von den erwähnten stellen neben ἐν ταῖc διατριβαῖc noch die worte περὶ παίδων ἀγωγῆc stehen, auch diese noch zum titel. dann wären die diatriben eine pädagogische schrift, die leicht mit der im verzeichnis erwähnten περὶ τῆc Ἑλληνικῆc παιδείαc identisch sein könnte. allein schon die an beiden stellen bei Sextos verschiedene wortstellung spricht unseres erachtens gegen die Kämmelsche auffassung.

Ethischen inhalts war ferner Zenons schrift über das geziemende (περὶ τοῦ καθήκοντος). nach dem was Diogenes[18] als Zenons definition des καθῆκον daraus mitteilt könnte sie sehr wol mit dem werke über das naturgemäsze leben zusammenfallen. wir hätten dann einen doppeltitel περὶ τοῦ καθήκοντοс ἢ περὶ τοῦ κατὰ φύcιν βίου anzunehmen, wie er sich wirklich bei dem einen verwandten stoff behandelnden buche περὶ ὁρμῆc ἢ περὶ ἀνθρώπου φύcεωс[19] findet, aus welchem die Zenonische definition des τέλοс angeführt wird.[20] in der ebenfalls hierher gehörigen schrift περὶ παθῶν stellte unser philosoph vier grundleidenschaften der seele auf.[21] über die ἠθικά und das buch περὶ νόμου bleiben

----

[18] VII 108 κατωνομάcθαι δ' οὕτως ὑπὸ πρώτου Ζήνωνος τὸ καθῆκον, ἀπὸ τοῦ κατά τινας ἥκειν τῆc προσονομαcίαc εἰλημμένης. ἐνέργημα δ' αὐτὸ εἶναι ταῖc κατὰ φύcιν· καταcκευαῖc οἰκεῖον. VII 25 φαcὶ δὲ καὶ πρῶτον (sc. τὸν Ζήνωνα) καθῆκον ὠνομακέναι καὶ λόγον περὶ αὐτοῦ πεποιηκέναι. [19] Weygoldt s. 13 liest περὶ ὁρμῆc η´ (acht bücher vom trieb), und betrachtet περὶ φύcεωc ἀνθρώπου als ein zweites mit dem (gleich zu erwähnenden) περὶ φύcεωc betitelten identisches werk; allein letzteres behandelte nicht anthropologisches, sondern physikalische dinge. [20] Diog. VII 87 διόπερ πρῶτος ὁ Ζήνων ἐν τῷ περὶ ἀνθρώπου φύcεωc τέλος εἶπε τὸ ὁμολογουμένωc τῇ φύcει ζῆν, ὅπερ ἐcτὶ κατ' ἀρετὴν ζῆν· ἄγει γὰρ πρὸς ταύτην ἡμᾶc ἡ φύcιc. [21] Diog. VII 110 ἔcτι δὲ αὐτὸ τὸ πάθος κατὰ Ζήνωνα ἢ ἄλογος καὶ παρὰ φύcιν ψυχῆc κίνηcιc ἢ ὁρμὴ πλεονάζουcα. τῶν δὲ παθῶν τὰ ἀνωτάτω, καθά φηcιν Ἑκάτων

wir völlig im dunkeln. möglich dasz in letzterem, wie Krische meint (forschungen I s. 368), von gott als dem natürlichen gesetze die rede war.

Von den physikalischen schriften wird die über das weltganze (περὶ τοῦ ὅλου) viermal citiert. es wurde in ihr sowol von der einheit der welt[22], von weltentstehung und weltuntergang[23], als auch von einzelnen naturerscheinungen wie dem blitze[24] und den sonnenfinsternissen[25] gehandelt. aus einer dem Diogenes nicht bekannten arbeit περὶ φύcεωc erwähnt Stobäos[26], was Zenon sich unter der εἱμαρμένη dachte. sollten etwa, was auch Krische für wahrscheinlich hält (ao. s. 367), beide werke éin und dasselbe sein? noch eher könnte die schrift περὶ οὐcίαc, welche Diogenes nennt bei gelegenheit der stoischen lehre von den zwei ἀρχαὶ τῶν ὅλων[27], mit der von dem weltganzen identisch sein: denn obwol Diogenes sie citiert, wird sie in seinem verzeichnis nicht erwähnt, und ist es nicht sehr wahrscheinlich dasz Zenon, wo er über einheit der welt und weltentstehung redete, auch auf die zwei principien alles seienden zu sprechen kam?

Die in dem verzeichnis als περὶ cημείων betitelte schrift hat wol Cicero im sinne[28], wenn er den Zenon in seinen commentarien die ersten saaten auf dem von Kleanthes und Chrysippos eifrig bebauten felde stoischer mantik ausstreuen läszt.[29]

Lieszen sich die bisher erwähnten schriften Zenons sämtlich irgendwo in dem verzeichnis des Diogenes unterbringen, so stehen wir dagegen insofern rathlos da mit dem buche περὶ λόγου. Diogenes teilt aus demselben mit, wie Zenon das gebiet der philosophie

---

ἐν τῷ δευτέρῳ περὶ παθῶν καὶ Ζήνων ἐν τῷ περὶ παθῶν, εἶναι γένη τέτταρα, λύπην, φόβον, ἐπιθυμίαν, ἡδονήν. [22] Diog. VII 143 ὅτι θ᾽ εἷc ἐcτι (sc. ὁ κόcμοc) Ζήνων φηcὶν ἐν τῷ περὶ τοῦ ὅλου. [23] Diog. VII 142 περὶ δὴ οὖν τῆc γενέcεωc καὶ τῆc φθορᾶc τοῦ κόcμου φηcὶ Ζήνων μὲν ἐν τῷ περὶ ὅλου, Χρύcιπποc δ᾽ ἐν τῷ πρώτῳ τῶν φυcικῶν usw. [24] Diog. VII 153 ἀcτραπὴν δὲ ἔξαψιν νεφῶν παρατριβομένων ἢ ῥηγνυμένων ὑπὸ πνεύματοc, ὡc Ζήνων ἐν τῷ περὶ τοῦ ὅλου. [25] Diog. VII 145 ἐκλείπειν δὲ τὸν μέν ἥλιον ἐπιπροcθούcηc αὐτῷ cελήνηc κατὰ τὸ πρὸc ἡμᾶc μέροc, ὡc Ζήνων ἀναγράφει ἐν τῷ περὶ τοῦ ὅλου. [26] ekl. I 178: Ζήνων ὁ cτωικὸc ἐν τῷ περὶ φύcεωc nenne die εἱμαρμένη δύναμιν κινητικὴν τῆc ὕληc κατὰ ταὐτὰ καὶ ὡcαύτωc, ἥντινα μὴ διαφέρειν πρόνοιαν καὶ φύcιν καλεῖν. [27] VII 134 δοκεῖ δ᾽ αὐτοῖc ἀρχὰc εἶναι τῶν ὅλων δύο, τὸ ποιοῦν καὶ τὸ πάcχον. τὸ μὲν οὖν πάcχον εἶναι τὴν ἄποιον οὐcίαν τὴν ὕλην, τὸ δὲ ποιοῦν τὸν ἐν αὐτῇ λόγον τὸν θεόν· τοῦτον γὰρ ὄντα ἀίδιον διὰ πάcηc αὐτῆc δημιουργεῖν ἕκαcτα. τίθηcι δὲ τὸ δόγμα τοῦτο Ζήνων μὲν ὁ Κιτιεὺc ἐν τῷ περὶ οὐcίαc, Κλεάνθηc δ᾽ ἐν τῷ περὶ τῶν ἀτόμων usw. [28] *de divin.* I 3, 6 *sed cum stoici omnia fere illa* (sc. *de praesensione rerum futurarum) defenderent, quod et Zeno in suis commentariis quasi semina quaedam sparsisset et ea Cleanthes paulo uberiora fecisset, accessit acerrimo vir ingenio Chrysippus, qui totam de divinatione duobus libris explicavit sententiam.* [29] Weygoldt vermutet s. 25, Zenon habe darin von der richtigkeit der prämissen im hypothetischen urteil und von deren verhältnis zur schluszfolgerung gehandelt.

einteilte[30] und welche reihenfolge der teile er für die angemessenste
hielt.[31] in den von Diogenes genannten καθολικά konnte das doch
schwerlich vorkommen. eher noch gienge es an dieses werk nebst
einigen anderen auf einen mehr oder minder logischen inhalt hin-
weisenden wie etwa περὶ ὄψεως, περὶ λέξεων, λύσεις,
ἔλεγχοι δύο insgesamt dem περὶ λόγου als teile unterzuordnen
— immerhin nur ein notbehelf. wahrscheinlich war man zu des
Diogenes zeiten über Zenons logische schriften bereits sehr im dunkeln, da Chrysippos gerade hier den gründer der schule am meisten
in den schatten gestellt hatte. dasz aber Zenon auf dem gebiete der
logik auch schriftstellerisch thätig gewesen sein musz, wird unter
anderm auch dadurch sehr wahrscheinlich, dasz Chrysippos nicht
weniger als sieben logische werke an den altmeister adressierte.[32]

Von den nicht streng philosophischen schriftstellerischen erzeug-
nissen unseres stoikers waren ohne frage durch die lectüre der Xeno-
phontischen denkwürdigkeiten des Sokrates veranlaszt und ihnen
nachgebildet die ἀπομνημονεύματα Κράτητος oder χρεῖαι,
wie sie Diog. VI 91 genannt werden (denn das dort erzählte ist doch
ohne frage den denkwürdigkeiten des Krates entnommen). kritischen
und rhetorischen inhalts scheinen gewesen zu sein ein werk über
poetische declamation und die 'fünf Homerischen pro-
bleme'. dem zuletztgenannten buche dürfte das entnommen sein,
was Dion Chrysostomos über Zenons stellung zu Homer berichtet.[33]
was die schrift unter dem titel 'Pythagorisches' enthielt, läszt
sich nicht einmal mutmaszen.

Aufgabe und einteilung der philosophie.

Kern und mittelpunct des gesamten stoischen systems ist die
ethik, insbesondere die lehre vom höchsten gute, und die aufgabe

---

[30] Diog. VII 39 τριμερῆ φαcὶν εἶναι τὸν κατὰ φιλοcοφίαν λόγον·
εἶναι γὰρ αὐτοῦ τὸ μέν τι φυcικόν, τὸ δὲ ἠθικόν, τὸ δὲ λογικόν. οὕτω δὲ
πρῶτος διεῖλε Ζήνων ὁ Κιτιεὺc ἐν τῷ περὶ λόγου καὶ Χρύcιππος usw.
[31] Diog. VII 40 ἄλλοι δὲ πρῶτον μὲν τὸ λογικὸν τάττουcι, δεύτερον
δὲ τὸ φυcικὸν καὶ τρίτον τὸ ἠθικόν· ὧν ἐcτὶ Ζήνων ἐν τῷ περὶ λόγου.
[32] schriften an Zenon nach Diog. VII 189. 195. 201: 1) περὶ
τῶν κατὰ τὴν διαλεκτικὴν ὀνομάτων πρὸς Ζήνωνα α′. 2) περὶ
τῶν περαινόντων λόγων πρὸς Ζήνωνα α′. 3) περὶ τῶν πρώτων
καὶ ἀναποδείκτων cυλλογιcμῶν πρ. Ζ. α′. 4) π. cυλλογιcμῶν
εἰcαγωγικῶν πρ. Ζ. α′. 5) π. τῶν πρὸς εἰcαγωγὴν τρόπων πρ. Ζ. γ′.
6) τροπικὰ ζητήματα πρ. Ζ. 7) περὶ τοῦ ἐγκρίνειν τοὺς ἀρχαίους τὴν
διαλεκτικὴν cὺν ταῖc ἀποδείξεcι πρὸς Ζήνωνα β′.   [33] or. 53 s. 275
γέγραφε δὲ καὶ Ζήνων ὁ φιλόcοφος εἴc τε τὴν Ἰλιάδα καὶ τὴν Ὀδύccειαν
καὶ περὶ τοῦ Μαργίτου δέ· δοκεῖ γὰρ καὶ τοῦτο τὸ ποίημα ὑπὸ Ὁμήρου
γεγονέναι νεωτέρου καὶ ἀποπειρωμένου τῆc αὐτοῦ φύcεως πρὸς ποίηcιν.
ὁ δὲ Ζήνων οὐδὲν τῶν τοῦ Ὁμήρου ψέγει, ἅμα διηγούμενοc καὶ διδάcκων
ὅτι τὰ μὲν κατὰ δόξαν, τὰ δὲ κατὰ ἀλήθειαν γέγραφεν, ὅπως μὴ φαί-
νηται αὐτὸς αὐτῷ μαχόμενος ἔν τιcι δοκοῦcιν ἐναντίως εἰρῆcθαι. ὁ δὲ
λόγος οὗτος Ἀντιcθένους ἐcτὶ πρότερον, ὅτι τὰ μὲν δόξῃ, τὰ δὲ ἀληθείᾳ
εἴρηται τῷ ποιητῇ· ἀλλ' ὁ μὲν οὐκ ἐξειργάcατο αὐτόν, ὁ δὲ καθ' ἕκαστον
τῶν ἐπὶ μέρους ἐδήλωcεν.

der philosophie wird wesentlich als eine praktische aufgefaszt: denn
für den stoiker handelt es sich zunächst nur um die éine hauptsache,
den menschen in den besitz des höchsten gutes zu setzen und ihn
auf dem richtigen wege zur glückseligkeit zu führen. so urteilen die
stoiker alle vom ersten bis zum letzten, so lehrte bereits Zenons
vorbild, der weise Sokrates, und der welcher dem Zenon als dessen
treuestes abbild galt, sein lehrer Krates der kyniker. kein zweifel
daher, auch ohne bereits auf einzelheiten einzugehen, dasz diese anschauung Zenonisch ist.

Fragen wir weiter, welches nun dieses höchste gut sei, so ant-
worten die stoiker: die tugend, und spätere schriftsteller wie Cicero[34]
und Clemens von Alexandreia[35] legen diese behauptung geradezu
dem Zenon in den mund; nicht ohne die gröste wahrscheinlichkeit,
musz man sagen, denn wir haben in ihr nicht nur einen grundpfeiler
des stoischen gebäudes vor uns, sondern auch ein hauptdogma schon
der kyniker, an welche sich Zenon in seiner gedankenrichtung zunächst und vorzüglich anschlosz, wie die politeia beweist. aber
lehrte nicht ein unmittelbarer schüler Zenons, Herillos, im gegenteil,
das höchste gut sei die erkenntnis?[36] sollte er etwa damit der ansicht des lehrers treu geblieben sein, während die übrigen schüler
sie entstellten? gewis nicht. denn Cicero bemerkt ausdrücklich,
Herillos sei durch diese behauptung weit von Zenon nach der seite
der akademie hin abgewichen, und obendrein weisz Diogenes geradezu
von streitschriften des Herillos, die sich gegen Zenon richteten. was
werden sie anderes zum inhalt gehabt haben als diese hauptdifferenz
zwischen lehrer und schüler? heiszt doch der titel einer schrift des
Herillos geradezu ἀντιφέρων διδάσκαλος, der widersprechende lehrer
(Diog. VII 166).

Neben ihrer praktischen aufgabe hat die philosophie in der entwickelteren gestalt des stoicismus auszerdem noch eine wissenschaftliche, ohne welche jene praktische nicht zu lösen sein soll, nemlich
die kenntnis der weltordnung und der weltgesetze. dem kynismos ist
diese physikalische unterlage der ethik fremd. zwischen beiden auf-
fassungen steht Zenon der zeit nach mitten inne. gehörte er nun zu
dieser oder zu jener? sehen wir uns unter Zenons unmittelbaren schü-

---

[34] *acad.* I 10 35 *Zeno igitur nullo modo is erat, qui ut Theophrastus
nervos virtutis inciderit, sed contra qui omnia quae ad beatam vitam perti-
nerent in una virtute poneret nec quicquam aliud numeraret in bonis idque
appellaret honestum, quod esset simplex quoddam et solum et unum bonum.*
[35] strom. XI s. 304 πάλιν δ᾽ αὖ Ζήνων μὲν ὁ cτωικὸc τέλοc ἡγεῖται
τὸ κατ᾽ ἀρετὴν Ζῆν. vgl. auch oben anm. 20.   [36] Diog. VII 165
"Ηριλλοc δ᾽ ὁ Χαλκηδόνιοc τέλοc εἶπε τὴν ἐπιcτήμην, ὅπερ ἐcτὶ Ζῆν ἀεὶ
πάντ᾽ ἀναφέροντα πρὸc τὸ μετ᾽ ἐπιcτήμηc Ζῆν καὶ μὴ τῇ ἀγνοίᾳ δια-
βεβλημένον . . . ἔcτι δ᾽ αὐτοῦ τὰ βιβλία ὀλιγόcτιχα μέν, δυνάμεωc δὲ
μεcτὰ καὶ περιέχοντα ἀντιρρήcειc πρὸc Ζήνωνα. Cic. *acad.* II 42, 129
*omitto . . Herillum, qui in cognitione et scientia summum bonum ponit, qui
cum Zenonis auditor esset, vides quantum ab eo dissenserit et quam non
multum a Platone.*

lern um, so findet sich wiederum einer, der sämtlichen späteren
stoikern in ähnlicher weise hinsichtlich des umfangs der philosophie
widerspricht wie Herillos bezüglich ihres endzweckes. Ariston von
Chios nemlich hielt alle dialektischen untersuchungen für unnütz,
alle physikalischen für erfolglos uud liesz daher der philosophie nur
die ethik als einziges arbeitsfeld übrig.[37] sollte nicht der Zenon,
welcher aus seinem staat alle enkyklischen wissenschaften verbannte
(s. oben s. 5), ebenso gedacht haben? vielleicht damals als er noch
dem kynismos anhieng, aber gewis nicht mehr als verfasser des
werkes über das weltganze mit seinen eingehenden physikalischen
specialuntersuchungen (vgl. s. 10). die physik hat mithin Zenon
nicht verworfen. aber die logik? verdankt diese disciplin etwa erst
dem Chrysippos ihr bürgerrecht im stoischen system? dagegen
spricht der bildungsgang sowol als auch die schriftstellerische thätigkeit des Zenon. der schüler des megarikers Stilpon, der urheber
verschiedener trugschlüsse (wie wir weiter unten sehen werden) und
verfasser mehrerer logischer schriften konnte schwerlich die logik
so gering achten, dasz er sie ganz aus der philosophie verstoszen
hätte. allerdings scheint er sie mehr als einleitung und vorstufe
zum system betrachtet zu haben denn als wesentlichen bestandteil:
denn von den drei teilen der philosophie, welche er in der schrift
περὶ λόγου annahm (s. oben anm. 30), erhielt die logik die erste,
die ethik die letzte stelle (s. oben anm. 31) doch wol nur darum,
weil jene zur philosophischen forschung überhaupt vorbereiten und
diese erst in die tiefe des systems führen sollte. die in der stoischen
schule üblichen vergleichungen der philosophie mit einem obstgarten,
dessen zaun die logik, dessen bäume die physik, dessen früchte die
ethik bilden, oder mit einem ei, wo die logik die schale, die physik
das weisze und die ethik das gelbe ist, entsprechen der ansicht des
stifters und dürften ihm, dem bilderliebenden orientalen, vielleicht
schon angehören.

Wäre es nun auch der anordnung Zenons selbst entsprechend,
bei der betrachtung der einzelnen teile mit der logik zu beginnen,
dann zur physik fortzuschreiten und zuletzt die ethik zu behandeln,
so werden wir dennoch den entgegengesetzten weg vorziehen, weil
in der ethik nicht nur das eigentlich maszgebende und alles übrige
bestimmende, sondern auch der reichlichste stoff sich findet. gelingt
es hier das Zenonische einigermaszen von den späteren zusätzen zu
scheiden, so wird durch die so gewonnene erkenntnis auch mehr licht
auf die dunkleren gebiete der physik und logik zurückfallen.

Die ethik.

Während bei den späteren stoikern das weite gebiet der ethik
in eine erhebliche zahl von unterabteilungen zerfiel, über die ver-

---

[37] Diog. VII 160 (᾿Αρίϲτων ὁ Χῖοϲ) τόν τε φυϲικὸν τόπον καὶ τὸν
λογικὸν ἀνῄρει, λέγων τὸν μὲν εἶναι ὑπὲρ ἡμᾶϲ, τὸν δ᾽ οὐδὲν πρὸϲ
ἡμᾶϲ, μόνον δὲ τὸν ἠθικὸν εἶναι πρὸϲ ἡμᾶϲ.

schiedene, einander teilweise widersprechende nachrichten überliefert werden, so behandelten Zenon und sein schüler Kleanthes — so berichtet Diogenes ausdrücklich — den gegenstand in schlichterer weise.[38] es ist auch an sich wahrscheinlich genug, dasz derselbe kopf, aus dem die neuen moralischen ideen hervorgiengen, sich nicht zugleich damit abgeben mochte den stoff systematisch zu gliedern; ist es ja eine andere arbeit bausteine sammeln, eine andere sie architektonisch zusammenfügen und verteilen.

Das bedürfnis einer systematischen gliederung wird Zenon um so weniger empfunden haben, als sich seine ganze ethik auf einen einzigen fundamentalsatz gründet, aus welchem er alle einzelheiten als notwendige consequenzen ableitete. dieser grundsatz ist der von der notwendigen alleinherschaft der tugend. nur die tugend soll gebieten, unumschränkt gebieten, nichts anderes, wie hoch es scheine, soll neben ihr auch nur den geringsten wert besitzen; die tugend ist der inbegriff zugleich aller sittlichen forderungen und aller glückseligkeit, und sie ist ebenso sehr in der menschlichen natur wie in der gesamten weltordnung begründet.

Seitdem Sokrates die ethischen fragen in den kreis der philosophie eingeführt und in ihren mittelpunct gestellt hatte, pflegte man sie kurz zusammenzufassen in der éinen cardinalfrage nach dem höchsten gute (τέλος τῶν ἀγαθῶν) oder nach der glückseligkeit (εὐδαιμονία) als dem ziel alles menschlichen strebens. diese eudämonie definierte nun Zenon dahin, sie bestehe in einem sanften, ruhigen dahinflieszen des lebens (εὔροια βίου).[39] sie zu erreichen, behauptete er weiter, sei die tugend völlig ausreichend[40], denn ein glückseliges leben beruhe einzig und allein auf der tugend.[41] doch was ist ihm tugend? die gewöhnliche antwort der stoiker lautet: das naturgemäsze leben[42], τὸ ὁμολογουμένως τῇ φύcει ζῆν. diese

---

[38] Diog. VII 84: Chrysippos und andere spätere stoiker teilten die ethik in verschiedene unterabteilungen, ὁ μὲν γὰρ Κιτιεὺς Ζήνων καὶ ὁ Κλεάνθης, ὡς ἂν ἀρχαιότεροι, ἀφελέcτερον περὶ τῶν πραγμάτων διέλαβον.

[39] Sextos c. math. XI 30 εὐδαιμονία δέ ἐcτιν, ὡς οἵ τε περὶ τὸν Ζήνωνα καὶ Κλεάνθην καὶ Χρύcιππον ἀπέδοcαν, εὔροια βίου. vgl. Stobäos ekl. II 138 τὴν δὲ εὐδαιμονίαν ὁ Ζήνων ὡρίcατο τὸν τρόπον τοῦτον· εὐδαιμονία δ' ἐcτὶν εὔροια βίου. [40] Diog. VII 127 αὐτάρκη τ' εἶναι αὐτὴν (sc. τὴν ἀρετὴν) πρὸς εὐδαιμονίαν, καθά φηcι Ζήνων καὶ Χρύcιππος ἐν τῷ πρώτῳ περὶ ἀρετῶν καὶ Ἑκάτων ἐν τῷ δευτέρῳ περὶ ἀγαθῶν. [41] Cic. acad. II 43, 134 Zeno in una virtute positam beatam vitam putat. [42] Plutarch comm. notit. 23, 1 οὐχὶ καὶ Ζήνων τούτοις ἠκολούθηcεν (sc. Ἀριcτοτέλει, Θεοφράcτῳ, Ξενοκράτει, Πολέμωνι) ὑποτιθεμένοις cτοιχεῖα τῆς εὐδαιμονίας τὴν φύcιν καὶ τὸ κατὰ φύcιν; Eusebios praep. ev. XIII 13, 15 ἐντεῦθεν δ' οἱ μὲν cτωικοὶ τὸ τέλος τῆς φιλοcοφίας τὸ ἀκολούθως τῇ φύcει ζῆν εἰρήκαcιν, ὁ Πλάτων δὲ ὁμοίωcιν θεῷ, Ζήνων τε ὁ cτωικὸς παρὰ Πλάτωνος λαβών, ὁ δὲ ἀπὸ τῆς βαρβάρου φιλοcοφίας, τοὺς ἀγαθοὺς πάντας ἀλλήλων εἶναι φίλους λέγει. Clemens strom. V s. 433 ἐντεῦθεν οἱ μὲν cτωικοὶ τὸ τέλος τῆς φιλοcοφίας τὸ ἀκολούθως τῇ φύcει ζῆν εἰρήκαcι, Πλάτων δὲ ὁμοίωcιν θεῷ, ὡς ἐν τῷ δευτέρῳ παρεcτήcαμεν cτρωματεῖ· Ζήνων δὲ ὁ cτωικὸς παρὰ Πλάτωνος λαβών, ὁ δὲ ἀπὸ τῆς βαρβάρου φιλοcοφίας τοὺς ἀγαθοὺς πάντας ἀλλήλων εἶναι φίλους λέγει.

definition gehörte Diogenes zufolge ihrem ganzen wortlaute nach
bereits dem Zenon an und fand sich in seiner schrift über die natur
des menschen (s. oben anm. 20). Stobäos dh. Areios Didymos[43]
dagegen berichtet[44], die ursprüngliche Zenonische formel habe den
zusatz τῇ φύcει nicht enthalten, sondern derselbe sei erst von späteren, welche die äuszerung Zenons für zu unbestimmt erachteten,
hinzugefügt worden. da nun aber nach einer andern gleich genauer
zu erörternden stelle des Diogenes schon Kleanthes und Chrysippos
über die bedeutung dieses zusatzes verschiedener ansicht waren, so
könnte er doch auf keinen fall einen spätern als Kleanthes selbst,
einen unmittelbaren schüler Zenons, zum urheber haben. allein
gerade von Kleanthes, der die lehre seines meisters so treu festhielt[45],
ist am wenigsten anzunehmen, dasz er mit einer der wichtigsten definitionen seines lehrers eine solche veränderung vorgenommen haben
sollte. wenn ferner Chrysippos mit ihm in der auffassung des τῇ
φύcει an dieser stelle nicht übereinstimmte, so setzt dies doch wol
voraus, er habe die worte selbst für echt Zenonisch angesehen. ohne
dieselben besagt die definition, tugend sei die einheitliche, sich immer gleich bleibende, consequente lebensführung oder, wie Diogenes
es gleich darauf (VII 89 ae.) nennt, die ὁμολογία παντὸc τοῦ βίου.
offenbar ist jedoch nur eine consequenz in ganz bestimmter richtung
gemeint, nemlich in der welche die natur dem menschen vorzeichnet.
so führt die unbestimmtere kürzere form von selbst auf die längere
als ihre notwendige einschränkung. wie also die fassung mit dem
τῇ φύcει den beabsichtigten sinn am genauesten ausdrückt, so ist
sie auch äuszerlich durch den hinweis auf eine bestimmte schrift
Zenons, welche gerade von der n a t u r des menschen handelte, die
am besten beglaubigte. trotz Stobäos tragen wir daher kein bedenken sie für echt zu halten. dabei wäre es immerhin noch denkbar, dasz Zenon an irgend einer andern stelle sich des ungenaueren

---

[43] nach den ergebnissen der von Meineke (zs. f. d. gw. 1859 s. 563 ff.)
angestellten untersuchungen, welche RVolkmann (jahrb. 1871 s. 683 ff.)
teils bestätigt teils berichtigt hat, darf es als ausgemacht gelten, dasz
der ganze abschnitt von s. 34 bis 334 der eclogae ethicae des Stobäos
der ἐπιτομή des Areios Didymos entnommen ist. Areios war ein unter
Augustus lebender eklektiker aus der schule des Antiochos von As-
kalon, bei dem wir eine scharfe unterscheidung zwischen Zenon und
seinen nachfolgern um so weniger suchen dürfen, da er nicht einmal
zwischen dem stoischen und dem Platonisch-peripatetischen genauer
unterscheidet. auch Cicero war ein halbes jahr lang zuhörer des Antiochos und gleicht ihm in seinem unkritischen eclecticismus, namentlich in den *academica*, wo er ganz besonders in dessen fusztapfen
wandelt. [44] Stobäos ekl. II 132 τὸ δὲ τέλοc ὁ μὲν Ζήνων οὕτωc
ἀπέδωκε τὸ ὁμολογουμένωc Ζῆν· τοῦτο δ' ἐcτὶ καθ' ἕνα λόγον καὶ cύμ-
φωνον Ζῆν, ὡc τῶν μαχομένωc Ζώντων κακοδαιμονούντων. οἱ δὲ μετὰ
τοῦτον προcδιαρθροῦντεc οὕτωc ἐξέφερον, ὁμολογουμένωc τῇ φύcει Ζῆν,
ὑπολαβόντεc ἔλαττον εἶναι κατηγόρημα τὸ ὑπὸ τοῦ Ζήνωνοc ῥηθέν.
[45] Diog. VII 168 ἐπὶ τῶν αὐτῶν ἔμεινε δογμάτων.

ausdrucks bediente, der ja im grunde nichts anderes behauptet als der andere. [46]

Unter der natur, welcher das leben des tugendhaften als führerin folgt, ist nach Chrysippos sowol die allgemeine allumfassende als auch insbesondere die menschliche, nach Kleanthes blosz die gesamte weltordnung, nicht aber auch noch der dem menschen eigentümliche teil derselben zu verstehen. so berichtet Diogenes. [47] allein mit recht bezweifelt Zeller (ao. III² 1 s. 194 anm.) die genauigkeit und zuverlässigkeit dieser nachricht. was sie positives enthält, mag seine richtigkeit haben; es ist möglich dasz Chrysippos darauf aufmerksam machte, der unbestimmte ausdruck sei hier in seiner zwiefachen bedeutung zu verstehen, dasz Kleanthes nur von der allgemeinen natur des weltganzen redete; aber dasz letzterer die menschennatur ausgeschlossen haben sollte, ist zu sonderbar als dasz man es nicht für ein von Diogenes oder seinem gewährsmanne leichtfertig gemachtes argumentum ex silentio halten sollte.

Die tugend als gut.

Als inbegriff aller glückseligkeit ist die tugend nicht allein das höchste gut, sondern sogar das einzige welches es überhaupt gibt. [48] auszer und neben der tugend existieren keine güter. ebenso ist anderseits schlechtigkeit das einzige wahre übel [49], alle übrigen, die man dafür zu halten pflegt, sind es nur scheinbar. so haben wir denn nur éin gut [50] und nur éin übel, alles übrige sind adiaphora, sittlich gleichgültige dinge. [51]

Diese grundsätze der stoischen güterlehre schreibt Cicero wiederholt dem Zenon zu, und so wenig auch sein zeugnis an sich zu bedeuten hat, so dürfen wir ihm diesmal doch glauben: denn eine

---

[46] ähnlich urteilt Krische ao. s. 372, während Max Heinze in seiner dankenswerten abh. 'Stoicorum ethica ad origines suas relata' (programm von Schulpforte 1862) s. 11 die entgegengesetzte auffassung begünstigt. Weygoldt s. 38 hält τῇ φύcει für einen zusatz des Kleanthes.   [47] VII 89 φύcιν δὲ Χρύcιππος μὲν ἐξακούει, ᾗ ἀκολούθωc δεῖ ζῆν, τήν τε κοινὴν καὶ ἰδίωc τὴν ἀνθρωπίνην· ὁ δὲ Κλεάνθης τὴν κοινὴν μόνην ἐκδέχεται φύcιν, ᾗ ἀκολουθεῖν δεῖ, οὐκέτι δὲ καὶ τὴν ἐπὶ μέρους.   [48] Cic. de fin. IV 21, 60 *Zeno autem, quod suam, quod propriam speciem habeat cur appetendum sit, id solum bonum appellat, beatam autem vitam eam solam, quae cum virtute degatur.* vgl. anm. 41.   [49] Cic. *Tusc.* V 9, 27 *praeclare, si Aristo Chius aut si stoicus Zenon diceret, qui nisi quod turpe esset nihil malum duceret.*   [50] Cic. de fin. V 27, 79 *cum a Zenone inquam hoc magnifice tamquam ex oraculo editur: 'virtus ad beate vivendum se ipsa contenta est', qua re? inquit; respondet: 'quia nisi quod honestum est, nullum est aliud bonum.'*   [51] Cic. de fin. IV 17, 47 *ut Aristonis esset explosa sententia, dicentis nihil differre aliud ab alio nec esse res ullas praeter virtutes et vitia, inter quas quicquam omnino interesset, sic errare Zenonem, qui nulla in re nisi in virtute aut vitio propensionem ne minimi quidem momenti ad summum bonum adipiscendum esse diceret, et cum ad beatam vitam nullum momentum cetera haberent, ad appetitionem tamen rerum esse in iis momenta diceret, quasi vero haec appetitio non ad summi boni adeptionem pertineret.* Sextos c. math. XI 4 ὁ Ξενοκράτης . . ἔφαcκε· πᾶν τὸ ὂν ἢ ἀγαθόν ἐcτιν ἢ κακόν ἐcτιν ἢ οὔτε ἀγαθόν ἐcτιν οὔτε κακόν ἐcτιν.

später zu berührende differenz zwischen Zenon und Ariston setzt
diese sätze als beiderseitige gemeinsame basis notwendig voraus;
sie sind auszerdem stoisches gemeingut und finden sich bereits in
derselben weise bei den kynikern. [52]

. Stobäos dh. Areios Didymos [53] weisz genauer anzugeben, Zenon
habe zu den gütern gerechnet: die einsicht, gerechtigkeit, mäszigung,
tapferkeit, überhaupt alles was tugend heisze oder an derselben teil
habe; zu den übeln: unverstand, ungerechtigkeit, unmäszigkeit,
feigheit und alle untugenden mit ihrem anhange; zu den gleichgültigen dingen endlich: leben, tod, ehre, unehre, arbeit, vergnügen,
reichtum, armut, krankheit, gesundheit udgl.; Seneca [54] teilt sogar
den schlusz mit, durch welchen Zenon die adiaphorie des todes zu
erweisen suchte: beides mitteilungen, deren glaubwürdigkeit weiter
unten in anderem zusammenhange zu prüfen sein wird.

Mit seiner güterlehre trat Zenon zu den akademikern einerseits,
anderseits zu dem Epikureismus in gegensatz. stimmte er auch mit
seinem lehrer Xenokrates darin überein, dasz man die gesamtheit
aller dinge nach ihrem sittlichen wert in drei classen teilen müsse:
in güter, übel und solches das keines von beiden ist, so entfernte er
sich doch wesentlich von ihm und blieb darin ein echter jünger des
Krates, dasz das dasein irgendwelcher güter auszer der tugend geleugnet, und was an der tugend nicht teil hat nicht mit den akademikern etwa für ein gut so zu sagen zweiten ranges erklärt, sondern
gar nicht unter den begriff gut gebracht wurde. noch viel weniger
als mit der akademie vertrug sich die stoische anschauung mit der
Epikureischen. Kleanthes stellte seinen schülern mit den lebhaftesten
farben zum abschreckenden beispiele das bild der auf erhabenem
sitze thronenden lust dar, wie sie von den tugenden als sklavinnen
bedient wird (Cic. *de fin.* II 21, 69), und erklärte jede art von lust
nicht allein für wertlos, sondern geradezu für unnatürlich. gewis
wurde die letztere rigoristische ansicht durch den gegensatz zu der
damals aufblühenden jungen schule Epikurs [55] hervorgerufen; als die

---

[52] Diog. VI 11 αὐτάρκη γὰρ τὴν ἀρετὴν εἶναι πρὸς εὐδαιμονίαν
lehren die kyniker. VI 105 τὰ δὲ μεταξὺ ἀρετῆς καὶ κακίας ἀδιάφορα
λέγουσιν ὁμοίως ᾿Αρίστωνι τῷ Χίῳ (sc. οἱ κυνικοί). [53] ekl. II 90 ταῦτ᾿
εἶναί φησιν ὁ Ζήνων ὅσα οὐσίας μετέχει· τῶν δ᾿ ὄντων τὰ μὲν ἀγαθὰ τὰ
δὲ κακὰ τὰ δὲ ἀδιάφορα. ἀγαθὰ μὲν τὰ τοιαῦτα, φρόνησιν δικαιοσύνην
σωφροσύνην ἀνδρείαν παι πᾶν ὅ ἐστιν ἀρετὴ ἢ μετέχον ἀρετῆς· κακὰ
δὲ τὰ τοιαῦτα, ἀφροσύνην ἀδικίαν ἀκολασίαν δειλίαν καὶ πᾶν ὅ ἐστι κακία
ἢ μετέχον κακίας· ἀδιάφορα δὲ τὰ τοιαῦτα, ζωὴν θάνατον δόξαν ἀδοξίαν
πόνον ἡδονὴν πλοῦτον πενίαν νόσον ὑγίειαν καὶ τὰ τούτοις ὅμοια.

[54] *epist.* 82, 9 *Zenon noster hac collectione utitur:* ᾿nullum malum glorio-
sum est; mors autem gloriosa est, mors ergo non est malum.᾿ [55] Sextos
c. math. XI 73 οἷον τὴν ἡδονὴν ὁ μὲν ᾿Επίκουρος ἀγαθὸν εἶναί φησιν,
ὁ δὲ εἰπὼν «μανείην μᾶλλον ἢ ἡσθείην» (dh. Antisthenes) κακόν, οἱ δὲ
ἀπὸ τῆς στοᾶς ἀδιάφορον καὶ οὐ προηγμένον, ἀλλὰ Κλεάνθης μὲν μήτε
κατὰ φύσιν αὐτὴν εἶναι μήτε ἀξίαν ἔχειν ἐν τῷ βίῳ, καθάπερ δὲ τὸ
κάλλυντρον κατὰ φύσιν μὴ εἶναι, Παναίτιος δὲ τινὰ μὲν κατὰ φύσιν
ὑπάρχειν τινὰ δὲ παρὰ φύσιν.

feindschaft beider schulen an heftigkeit nachliesz, verloren sich auch
solche überspanntheiten, und spätere stoiker kennen neben der naturwidrigen auch eine naturgemäsze lust. ob nun diese späteren oder
Kleanthes mehr im sinne Zenons redeten, liesze sich mit etwas mehr
sicherheit feststellen, wenn wir über das chronologische verhältnis
von Zenon und Epikuros zu einander genauer unterrichtet wären.
wenn Epikurs auftreten auf Zenons lehrbildung keinen einflusz mehr
übte, so lag für den letztern kein äuszerer anlasz vor sich so crass
zu äuszern; freilich hatte der sittenreine, enthaltsame philosoph auch
keinen grund und wol wenig neigung eine vom kynismos aufgestellte
meinung der art zu mildern. jedenfalls hat nach Zenons ansicht die
lust mit der glückseligkeit nichts zu thun, sondern der volle, aus-
schlieszliche inhalt derselben wird von der tugend allein gebildet.

Ebenso wenig wie die lust zur glückseligkeit beiträgt, sollte es
nach Chrysippos (vgl. Plutarch de stoic. repugn. c. 26) von belang
sein, welche zeitdauer die durch die tugend dargebotene glückseligkeit hat, da sie von allen äuszern umständen völlig unabhängig
ist. da dieser satz der sache nach eigentlich schon in dem lag was
die kyniker über die unverlierbarkeit der tugend und die identität
von tugend und glückseligkeit behauptet hatten[56], so darf man ihn
trotz der mangelnden äuszern zeugnisse mit wahrscheinlichkeit für
Zenonisch halten.

Theoretische consequenz liesz sich den grundsätzen der güterlehre Zenons, die er aus dem kynismos herübergenommen hatte,
nicht absprechen; jedoch verleugneten sie ihren ursprung insofern
keineswegs, als sie den praktischen verhältnissen des wirklichen
menschenlebens gegenüber einen schweren stand hatten. der haupt-
satz, dasz die tugend das einzige wahre gut sei, liesz sich freilich
unter allen umständen festhalten, aber — so konnte man einwenden
— sie fällt doch nicht aus der luft herab, sie wird doch auf bestimmte
weise erworben und hat, einmal gewonnen, die segensreichsten folgen. kann nun das was die tugend hervorruft und fordert, und das
was durch tugend neu ins leben gerufen wird, in der that ohne allen
sittlichen wert, ein adiaphoron sein? ist es zb. für unsere moralische
entwicklung gleichgültig, welche körperliche und geistige anlagen,
welche erziehung uns zu teil geworden sind? Ariston wagte es zu
bejahen. ein mittleres zwischen tugend und schlechtigkeit, erklärte
er, ist unmöglich, und von allem was nicht tugend oder laster ist
hat eines genau so viel wert wie das andere. darum ist es Ariston
zufolge ein hauptbestandteil, ja der kern der tugend, sich von all'
den tausend dingen, die einen umgaukeln, nicht im allermindesten
bestimmen und rühren zu lassen; völlige adiaphorie ist das höchste,

---

[56] Diog. VI 11 αὐτάρκη τὴν ἀρετὴν πρὸς εὐδαιμονίαν, μηδενὸς
προσδεομένην ὅτι μὴ Cωκρατικῆς ἰcχύοc. ebd. 12 ἀναφαίρετον ὅπλον ἡ
ἀρετή. ebd. 105 ἀρέcκει δ' αὐτοῖc (sc. τοῖc κυνικοῖc) καὶ τὴν ἀρετὴν
διδακτὴν εἶναι, καθά φηcιν 'Αντιcθένηc ἐν τῷ 'Ηρακλεῖ, καὶ ἀναπόβλητον
ὑπάρχειν.

was der weise erreichen kann und soll.[57] anders dagegen Zenon. überzeugt von der notwendigkeit, dasz die philosophie sich nicht dem wirklichen leben zu entfremden, vielmehr dasselbe mit ihrem geiste zu durchdringen habe, machte er, die starre consequenz der kynischen lehre aufgebend, aus praktischen rücksichten zugeständnisse, ohne den cardinalsatz von der alleinherschaft der tugend aufzugeben, und so sah er sich genötigt dieselben akademischen güter, welche er als adiaphora geächtet hatte, unter einem andern namen versteckt heimlich ins land zurückzurufen, indem nemlich zwischen den gleichgültigen dingen feinere unterschiede aufgestellt wurden.[58] die adiaphora, so lehrte er nun, zerfallen ihrem werte nach in drei classen.[59] die erste classe umfaszt die wünschenswerten dinge, dh. solche welche wir, von irgend einer vernünftigen erwägung geleitet, uns erwählen und denen wir daher einen gewissen wert beilegen müssen: προηγμένα nennt sie Zenon. zur zweiten classe gehört alles was nicht nur nicht wünschenswert, sondern vielmehr schädlich erscheint, das gegenteil der προηγμένα, von Zenon als ἀποπροηγμένα bezeichnet. für die dritte classe bleiben demnach diejenigen dinge übrig, von denen sich weder nutzen noch schaden irgend welcher art behaupten läszt, das völlig gleichgültige oder die ἀδιάφορα im engern sinne. nach ausdrücklichen angaben des Areios (s. anm. 59) und Cicero[60] rühren die namen προηγμένα und ἀποπροηγμένα von Zenon selbst her, und so ist diese milderung, welche man sonst geneigt sein könnte für einen spätern zusatz zu halten, ein ursprüng-

---

[57] *Cic. acad.* II 42, 130 (*Aristo*) *cum Zenonis fuisset auditor, re probavit ea quae ille verbis: nihil esse bonum nisi virtutem, nec malum nisi quod virtuti esset contrarium: in mediis ea momenta quae Zeno voluit nulla esse censuit. huic summum bonum est in his rebus neutram in partem moveri, quae* ἀδιαφορία *ab ipso dicitur.* vgl. anm. 51. [58] *Cic. acad.* I 10, 36 *cetera autem* (auszer der tugend als dem einzigen gute) *etsi nec bona nec mala essent, tamen alia secundum naturam dicebat, alia naturae esse contraria. his ipsis alia interiecta et media numerabat. quae autem secundum naturam essent, ea sumenda et quadam aestimatione dignanda docebat contraqué contraria: neutra autem in mediis relinquebat, in quibus ponebat nihil omnino esse momenti. (37) sed quae essent sumenda, ex iis alia pluris esse aestimanda, alia minoris. quae pluris, ea praeposita appellabat, reiecta autem, quae minoris. atque ut haec non tam rebus quam vocabulis commutaverat, sic inter recte factum atque peccatum, officium et contra officium media locabat quaedam, recte facta sola in bonis actionibus ponens, prave id est peccata in malis, officia autem servata praetermissaque media putabat, ut dixi.* [59] Areios Didymos bei Stobäos ekl. II 156 τῶν δὲ ἀξίαν ἐχόντων τὰ μὲν ἔχειν πολλὴν ἀξίαν τὰ δὲ βραχεῖαν. ὁμοίως δὲ καὶ τῶν ἀπαξίαν ἐχόντων ἃ μὲν ἔχειν πολλὴν ἀπαξίαν ἃ δὲ βραχεῖαν. τὰ μὲν οὖν πολλὴν ἔχοντα ἀξίαν προηγμένα λέγεςθαι, τὰ δὲ πολλὴν ἀπαξίαν ἀποπροηγμένα, Ζήνωνος ταύτας τὰς ὀνομασίας θεμένου πρώτου τοῖς πράγμασι. προηγμένον δ' εἶναι λέγουςιν ὃ ἀδιάφορον ὂν ἐκλεγόμεθα κατὰ προηγούμενον λόγον. τὸν δ' ὅμοιον ἄρα λόγον ἐπὶ τῶν ἀποπροηγμένων εἶναι, καὶ τὰ παραδείγματα κατὰ τὴν ἀναλογίαν ταὐτά. [60] *de fin.* III 15, 51 *hinc est illud exortum, quod Zeno* προηγμένον, *contraque quod* ἀποπροηγμένον *nominavit, cum uteretur in lingua copiosa factis tamen nominibus ac novis.*

liches altstoisches dogma, und Aristons schroffere ansicht ist nur ein
rückfall vom stoicismus in den kynismos. doch kann man dem
Cicero[61] nicht unrecht geben, wenn er auch Zenons darstellung als
eine solche bezeichnet, die den worten nach sich nicht weit von
Ariston entferne, der sache nach jedoch der ansicht der akademiker
bedenklich nahe trete. eine inconsequenz war es jedenfalls solche
mitteldinge, welche weder rechte güter noch rechte adiaphora waren,
mochte man auch noch so feine distinctionen machen[62], anzunehmen,
oder, wie man witzig sagte, es gieng dem Zenon wie jenem manne,
der seinen krätzer weder als wein noch als essig verkaufen konnte:
er konnte sein προηγμένον weder als ἀγαθόν noch als ἀδιάφορον
ausbieten.[63]

Tugend und natur.

Wie die tugend der inbegriff alles glückes und das alleinige gut
ist, so erscheint sie gleichfalls als die einzige naturgemäsze handlungsweise des menschen. jeder mensch — so lehrte Kleanthes, und
das ist sicherlich kein zusatz von ihm, sondern ein satz seines lehrers — jeder mensch hat von natur einen trieb zur tugend: denn
tugend ist nur eine notwendige äuszerung der vernünftigen menschennatur[64]. ebensowol ist sie — was Kleanthes weniger betonte
(vgl. s. 15) — aber auch ein ausflusz der allgemeinen φύcιc, der
weltordnung oder des naturgesetzes, das die welt regiert. dieses
naturgesetz bezeichnete Zenon geradezu als ein göttliches, und seine
wirksamkeit fand er darin, dasz es das rechte befiehlt und das unrechte verhindert.[65] hier haben wir einen von den puncten, wo
stoische ethik und physik in die engste verbindung treten.

---

[61] *de fin.* IV 26, 72 *vidcsne igitur Zenonem tuum cum Aristone verbis
consistere, re dissidere, cum Aristotele et illis* (den Platonikern) *re consentire, verbis discrepare?* nemlich in seiner güterlehre. vgl. *de fin.* V
29, 88. *Tusc.* V 11, 32.   [62] Stobäos ekl. II 156 οὐδὲν δὲ τῶν ἀγαθῶν
εἶναι προηγμένον διὰ τὸ τὴν μεγίcτην ἀξίαν αὐτὰ ἔχειν, τὸ δὲ προηγμένον τὴν δευτέραν χώραν καὶ ἀξίαν ἔχον cυνεγγίζειν πωc τῇ τῶν ἀγαθῶν
φύcει· οὐδὲ γὰρ ἐν αὐλῇ τῶν προηγουμένων εἶναι τὸν βαcιλέα ἀλλὰ
τοὺc μετ᾽ αὐτὸν τεταγμένουc. προηγμένα δὲ λέγεcθαι οὐ τῷ πρὸc
εὐδαιμονίαν τινὶ cυμβάλλεcθαι cυνεργεῖν τε πρὸc αὐτήν, ἀλλὰ τῷ
ἀναγκαῖον εἶναι τούτων τὴν ἐκλογὴν ποιεῖcθαι παρὰ τὰ ἀποπροηγμένα.
[63] Plutarch de stoic. repugn. 30, 1 τῶν πρεcβυτέρων τινὲc, ἃ τῷ
τὸν ὀξίνην ἔχοντι cυνέβαινε, μήτε ὡc ὄξοc ἀποδόcθαι δυναμένῳ μήτε
ὡc οἶνον, ἔφαcαν τῷ Ζήνωνι cυμβαίνειν· τὸ γὰρ προηγμένον αὐτῷ μήτε
ὡc ἀγαθὸν μήτε ὡc ἀδιάφορον ἔχειν διάθεcιν.   [64] Stobäos ekl. II 116
ἀρετῆc δὲ καὶ κακίαc οὐδὲν εἶναι μεταξύ· πάνταc γὰρ ἀνθρώπουc ἀφορμὰc ἔχειν ἐκ φύcεωc πρὸc ἀρετήν, καὶ οἱονεὶ τὸ (Zeller liest τὸν) τῶν
ἡμιαμβειαίων λόγον ἔχειν κατὰ τὸν Κλεάνθην, ὅθεν ἀτελεῖc μὲν ὄνταc
εἶναι φαύλουc, τελειωθένταc δὲ cπουδαίουc.   [65] Cic. *de nat. deor.* I
14, 36 *Zeno autem . . naturalem legem divinam esse censet eamque vim obtinere recta imperantem prohibentemque contraria . . . atque hic idem alio
loco aethera deum dicit . . aliis autem libris rationem quandam per omnem
naturam rerum pertinentem vi divina esse adfectam putat. idem astris hoc
idem tribuit, tum annis mensibus annorumque mutationibus. cum vero Hesiodi
theogoniam interpretatur, tollit omnino usitatas perceptasque cognitiones*

Mit dem satze, dasz das natürliche gesetz im menschen das unrecht zu hindern sucht, ist bereits die thatsache zugestanden, dasz das handeln des menschen nicht immer naturgemäsz ist, dasz mithin der natürliche trieb zur tugend öfters in eine falsche richtung gelenkt werden musz. dies geschieht, wenn an die stelle der tugend die leidenschaft tritt. sie wird von Zenon (in seiner schrift über die leidenschaften, vgl. oben anm. 21) definiert als unvernünftige und unnatürliche seelenbewegung oder als übermäsziger trieb.[66] bildlich nannte er sie auch, um die unnatürliche, übermäszige schnelligkeit der bewegung zu bezeichnen, einen flug der seele.[67] das unvernünftige der leidenschaft wird von Stobäos an der einen stelle genauer als ungehorsam gegen die berathende vernunft gefaszt, was, wenn auch vielleicht nicht dem wortlaute nach, doch gewis dem sinne nach Zenons ansicht am deutlichsten ausdrückt. gilt die leidenschaft immer und in jeder gestalt als unvernünftig, so läszt sich daraus wieder der rückschlusz machen, dasz Zenon die tugend als das einzig vernünftige und das naturgesetz im menschen als vernunft hinstellte. wenn ferner tugend und leidenschaft beides seelentriebe sind und zwar letztere ein ungemäszigter, so ist folglich jener erstern notwendig eine gewisse mäszigung eigen, und es erscheint die leidenschaft als eine entartung der tugend. wie nun aber der naturgemäsze trieb in einen naturwidrigen umschlagen kann, und welches agens als unvernunft der vernunft hier feindlich gegenübertritt, um eine solche veränderte wirkung hervorzurufen, darüber erhalten wir bei Zenon sowol als auch bei seinen nachfolgern keine aufklärung. wol aber erfahren wir dasz Zenon, seine auffassung der leidenschaft als ungehorsam gegen die vernunft consequent weiter verfolgend, die leidenschaft folgerichtig in eine gewisse beziehung zu dem vorstellungsvermögn der menschlichen seele setzte.[68] Chry-

---

deorum: neque enim Iovem neque Iunonem neque Vestam neque quemquam, qui ita appellatur, in deorum habet numero, sed rebus inanimis atque mutis per quandam significationem haec docet tributa nomina.

[66] Cic. Tusc. IV 6, 11 est igitur Zenonis haec definitio, ut perturbatio sit, quod πάθος ille dicit, aversa a recta ratione contra naturam animi commotio, (IV 21, 47) vel brevius, ut perturbatio sit appetitus vehementior.

[67] Stobäos ekl. II 36. 38 nach Areios Didymos: ὡc δ' ὁ cτωικὸc ὡρίcατο Ζήνων, πάθοc ἐcτὶν ὁρμὴ πλεονάζουcα. οὐ λέγει πεφυκυῖα πλεονάζειν, ἀλλ' ἤδη ἐν πλεοναcμῷ οὖcα· οὐ γὰρ δυνάμει, μᾶλλον δ' ἐνεργείᾳ. ὡρίcατο δὲ κἀκείνωc· πάθοc ἐcτὶ ποτὰ ψυχῆc, ἀπὸ τῆc τῶν πτηνῶν φορᾶc τὸ εὐκίνητον τοῦ παθητικοῦ παρεικάcαc. vgl. auch ebd. II 166 πάθοc δ' εἶναί φαcιν ὁρμὴν πλεονάζουcαν καὶ ἀπειθῆ τῷ αἱροῦντι λόγῳ, ἢ κίνηcιν ψυχῆc παρὰ φύcιν (εἶναι δὲ πάθη πάντα τῷ γένει τῆc ψυχῆc), διὸ καὶ πᾶcαν πτοίαν πάθοc εἶναι καὶ πᾶν πάθοc πτοίαν. hängt dieses πτοία etwa mit ποτά zusammen? [68] Cic. acad. I 10, 38 cumque perturbationes animi illi (Zenons vorgänger) ex homine non tollerent naturaque et condolescere et concupiscere et extimescere et efferri laetitia dicerent, sed eas contraherent in angustumque deducerent, hic (Zeno) omnibus his quasi morbis voluit carere sapientem. (39) cumque eas perturbationes antiqui naturales esse dicerent et rationis expertes aliaque in parte animi cupiditatem, in alia rationem collocarent, ne his quidem adsentiebatur. nam et per-

sippos soll die leidenschaften geradezu für entscheidungen des denkvermögens erklärt haben; so weit war Zenon nicht gegangen, er hatte laut Galenos zeugnis nur behauptet, sie seien gemütsbewegungen, welche im gefolge gewisser denkprocesse erscheinen.[69]

Die verschiedenheit der vorstellungen bedingt dieser ansicht zufolge notwendig gleichfalls einen unterschied zwischen den leidenschaften, und so zerfällt die eine leidenschaft in mehrere hauptarten. Zenon nahm deren in der schrift περὶ παθῶν vier an: trauer, furcht, lust und begierde (s. oben anm. 21). die trauer beruht auf der vorstellung eines gegenwärtigen, die furcht auf der eines zukünftigen übels; ebenso knüpft sich die lust an die vorstellung eines gegenwärtigen gutes und die begierde an die eines zukünftigen.

Durchmustert man die verschiedenen in späterer zeit bei den stoikern geläufigen definitionen dieser vier hauptleidenschaften, so lassen sich aus ihrer mitte leicht vier zu einander passende herausfinden, die wegen ihres einfachen drastischen ausdrucks mit einer gewissen innern wahrscheinlichkeit dem Zenon zugeschrieben werden. schon in den eben (anm. 69) erwähnten stellen aus Galenos wurde jede leidenschaft auf eine ausdehnung oder zusammenziehung, eine erhebung oder erniedrigung der seele zurückgeführt. statt der ausdehnung haben andere berichterstatter den ausdruck verlangen[70], statt der erniedrigung ein ausweichen oder sichzurückziehen. bei allen übereinstimmend finden sich nur die definitionen der trauer und der lust; jene ist nemlich ein vernunftwidriges zusammenziehen, diese eine vernunftwidrige erhebung der seele. in der definition der begierde als vernunftwidriges verlangen stimmen Areios Didymos[71],

---

turbationes voluntarias esse putabat opinionisque iudicio suscipi, et omnium perturbationum matrem esse arbitrabatur immoderatam quandam intemperantiam.

[69] Galenos de Hippocr. et Plat. 5, 1 s. 429 Χρύσιππος μὲν οὖν ἐν τῷ πρώτῳ περὶ παθῶν ἀποδεικνύναι πειρᾶται, κρίσεις τινὰς εἶναι τοῦ λογιστικοῦ τὰ πάθη, Ζήνων δ' οὐ τὰς κρίσεις αὐτάς, ἀλλὰ τὰς ἐπιγιγνομένας αὐταῖς cυcτολὰς καὶ λύcεις, ἐπάρcεις τε καὶ τὰς πτώcεις τῆς ψυχῆς ἐνόμιζεν εἶναι τὰ πάθη (vgl. Zeller ao. III 1 s. 210, 1). ferner ebd. 4, 3 s. 377 (vgl. Zeller ao. s. 209, 5) (Ζήνωνι καὶ πολλοῖς ἄλλοις τῶν cτωικῶν), οἳ οὐ τὰς κρίcεις αὐτὰς τῆς ψυχῆς, ἀλλὰ καὶ τὰς ἐπὶ ταύτας ἀλόγους cυcτολὰς καὶ ταπεινώcεις καὶ δείξεις (Zeller liest δήξεις) ἐπάρcεις τε καὶ διαχύcεις ὑπολαμβάνουcιν εἶναι τὰ τῆς ψυχῆς πάθη.

[70] Diog. VII 111 καὶ τὴν μὲν λύπην εἶναι cυcτολὴν ἄλογον. ebd. 112 ὁ δὲ φόβος ἐcτὶ προcδοκία κακοῦ. ebd. 113 ἡ δὲ ἐπιθυμία ἐcτὶν ἄλογος ὄρεξις. ebd. 114 ἡδονὴ δέ ἐcτιν ἄλογος ἔπαρcις ἐφ' αἱρετῷ δοκοῦντι ὑπάρχειν. [71] Stobäos ekl. II 172 τὴν μὲν οὖν ἐπιθυμίαν λέγουcιν ὄρεξιν εἶναι ἀπειθῆ λόγῳ· αἴτιον δ' αὐτῆς τὸ δοξάζειν ἀγαθὸν ἐπιφέρεcθαι, οὗ παρόντος εὖ ἀπαλλάξομεν, τῆς δόξης αὐτῆς τὸ ἀτάκτως κινητικὸν καὶ πρόcφατον ἐχούcης τοῦ ὄντως αὐτὸ ὀρεκτὸν εἶναι. φόβον δ' εἶναι ἔκκλιcιν ἀπειθῆ λόγῳ, αἴτιον δ' αὐτοῦ τὸ δοξάζειν κακὸν ἐπιφέρεcθαι, οὗ παρόντος κακῶς ἀπαλλάξομεν, τῆς δόξης τὸ κινητικὸν καὶ πρόcφατον ἐχούcης τοῦ ὄντως αὐτὸ φευκτὸν εἶναι. λύπην δ' εἶναι cυcτολὴν ψυχῆς ἀπειθῆ λόγῳ, αἴτιον δ' αὐτῆς

Cicero[72] und Diogenes zusammen, in der definition der furcht als ausweichen oder sichzurückziehen wenigstens Cicero und Areios. so viel wenigstens scheint aus der vergleichung der verschiedenen nachrichten hervorzugehen, dasz Zenon sich die leidenschaften als bewegungen der seele im eigentlichen sinne vorstellte, und zwar etwa in folgender weise. bei den auf die gegenwart gerichteten leidenschaften trauer und lust findet eine bewegung der seele statt ohne bestimmte richtung auf den gegenstand welcher den affect veranlaszt, bei den beiden auf die zukunft gerichteten affecten der furcht und begierde dagegen eilt die seele dem gegenstande entweder verlangend entgegen oder weicht scheu vor ihm zurück.

Ist es schon fraglich, ob die obigen definitionen dem Zenon angehören oder nicht, so läszt sich vollends gar nicht mehr feststellen, ob von der weitern einteilung der vier hauptleidenschaften in ihre unterarten einiges in Zenons schriften bereits enthalten war oder ob alles genauere hierüber erst Chrysippos seinen ursprung verdankt. dagegen dürfte die später so beliebte und häufige bezeichnung der leidenschaften als seelenkrankheiten, ein bild das für jemand, der jede derartige gemütsbewegung für vernunftwidrig und schädlich ansah, ungemein nahe lag, leicht Zenonisch sein, und umgekehrt ist es wol so gut wie gewis, dasz die scheidung zwischen affecten und seelenkrankheiten von Zenon noch nicht gemacht wurde.

Tugend und vernunft.

Kehren wir von dem gegensatz und der entartung der tugend zu ihr selbst zurück, so ergibt sich aus der stellung, welche diese zu den affecten einnimt, für den philosophen notwendig die praktische forderung, der mensch habe durch die tugend die affecte zu unterdrücken, die unvernunft in seinem innern zu bändigen mittels der vernunft. er musz sich also einerseits völlig frei machen von jeder leidenschaft und eine vollständige apathie zu erreichen suchen, anderseits sich ebenso unbedingt der alleinherschaft der vernunft unterwerfen und überlassen. die herschaft der vernunft soll mit der herschaft der tugend zusammenfallen, mithin findet zwischen vernunft und tugend ein enges verhältnis statt, und dies ist nur möglich, wenn die tugend in gewisser hinsicht der vernunft gleichartig

---

τὸ δοξάζειν πρόσφατον κακὸν παρεῖναι, ἐφ᾽ ᾧ καθήκει cυcτέλλεcθαι. ἡδονὴν δ᾽ εἶναι ἔπαρcιν ψυχῆς ἀπειθῆ λόγῳ, αἴτιον δ᾽ αὐτῆς τὸ δοξάζειν πρόσφατον κακὸν παρεῖναι, ἐφ᾽ ᾧ καθήκει ἐπαίρεcθαι. vgl. Cic. *Tusc.* III 11, 25.

[72] *Tusc.* IV 6, 14 f. *itaque haec prima definitio est, ut aegritudo sit animi adversante ratione contractio . ., laetitia opinio recens boni praesentis, in quo ecferri rectum esse videatur; metus opinio impendentis mali, quod intolerabile esse videatur; libido opinio venturi boni, quod sit ex usu iam praesens esse atque adesse.* als folgen der leidenschaften werden angegeben: *ut aegritudo quasi morsum aliquem doloris efficiat, metus recessum quendam animi et fugam, laetitia profusam hilaritatem, libido effrenatam adpetentiam.*

ist, mit anderen worten, in der tugend musz ein theoretisches element enthalten sein[73], sie musz auf einsicht, auf wissen beruhen, und ist dies der fall, so wird sie wie jedes wissen lehrbar sein. diese bereits von Sokrates aufgestellte behauptung vertritt in der stoischen schule neben Kleanthes[74], dem treuesten schüler des meisters, selbst Ariston, der abgesagte feind aller theoretischen forschung, wenn er die tugend geradezu als weisheit oder wissenschaft der güter und übel bezeichnete[75] — ein umstand der es im höchsten grade wahrscheinlich macht, die lehrbarkeit der tugend sei so sehr ein cardinalsatz Zenons gewesen, dasz nicht einmal Ariston es wagte dies dogma aufzugeben. derselbe Ariston nannte gleichwol die tugend auch gesundheit der seele[76], Kleanthes deren spannung und kraft[77], sie sollte

----

[73] Cic. *acad.* I 10, 38 *cumque superiores non omnem virtutem in ratione esse dicerent, sed quasdam virtutes natura aut more perfectas, hic omnes in ratione ponebat, cumque illi ea genera virtutum, quae supra dixi, seiungi posse arbitrarentur, hic nec id ullo modo fieri posse disserebat nec virtutis usum ut superiores, sed ipsum habitum per se esse praeclarum, nec tamen virtutem cuiquam adesse quin ea semper uteretur.* [74] Diog. VII 91 διδακτὴν τ' εἶναι αὐτήν, λέγω τὴν ἀρετήν, καὶ Χρύσιππος ἐν τῷ πρώτῳ περὶ τέλους φησὶ καὶ Κλεάνθης καὶ Ποσειδώνιος ἐν τοῖς προτρεπτικοῖς καὶ Ἑκάτων. [75] Galenos de Hippocr. et Plat. 5, 5 s. 468 (nach Zeller ao. s. 220, 1): κάλλιον οὖν Ἀρίστων ὁ Χῖος, οὔτε πολλὰς εἶναι τὰς ἀρετὰς τῆς ψυχῆς ἀποφηνάμενος ἀλλὰ μίαν, ἣν ἐπιστήμην ἀγαθῶν τε καὶ κακῶν εἶναί φησιν. vgl. ferner ebd. 7, 2 s. 595 (nach Zeller ao. s. 222, 4): da die seele nach Ariston nur éin vermögen, die denkkraft, habe, so nehme er auch nur éine tugend an, die ἐπιστήμη ἀγαθῶν καὶ κακῶν. ὅταν μὲν οὖν αἱρεῖσθαί τε δέῃ τἀγαθὰ καὶ φεύγειν τὰ κακά, τὴν ἐπιστήμην τήνδε καλεῖ cωφροcύνην· ὅταν δὲ πράττειν μὲν τἀγαθὰ, μὴ πράττειν δὲ κακὰ, φρόνησιν· ἀνδρείαν δ' ὅταν τὰ μὲν θαρρῇ τὰ δὲ φεύγῃ· ὅταν δὲ τὸ κατ' ἀξίαν ἑκάστῳ νέμῃ, δικαιοcύνην· ἑνὶ δὲ λόγῳ, γινώcκουcα μὲν ἡ ψυχὴ χωρὶς τοῦ πράττειν τἀγαθά τε καὶ κακὰ coφία τ' ἐcτὶ καὶ ἐπιcτήμη, πρὸς δὲ τὰς πράξεις ἀφικνουμένη τὰς κατὰ τὸν βίον ὀνόματα πλείω λαμβάνει τὰ προειρημένα. [76] Plutarch de virtute morali 2 Ἀρίcτων δὲ ὁ Χῖος τῇ μὲν οὐcίᾳ μίαν καὶ αὐτὸς ἀρετὴν ἐποίει καὶ ὑγείαν ὠνόμαζε· τῷ δὲ πρός τι πως διαφόρους καὶ πλείονας, ὡς εἴ τις ἐθέλοι τὴν ὅραcιν ἡμῶν, λευκῶν μὲν ἀντιλαμβανομένην, λευκοθέαν καλεῖν, μελάνων δὲ μελανθέαν, ἤ τι τοιοῦτον ἕτερον. καὶ γὰρ ἡ ἀρετὴ ποιητέα μὲν ἐπιcκοποῦcα καὶ μὴ ποιητέα κέκληται φρόνηcιc· ἐπιθυμίαν δὲ κοcμοῦcα καὶ τὸ μέτριον καὶ τὸ εὔκαιρον ἐν ἡδοναῖc ὁρίζουcα cωφροcύνη· κοινωνήμαcι δὲ καὶ cυμβολαίοιc ὁμιλοῦcα τοῖc πρὸς ἑτέρους δικαιοcύνη· καθάπερ τὸ μαχαίριον ἓν μέν ἐcτιν, ἄλλοτε δὲ ἄλλο διαιρεῖ· καὶ τὸ πῦρ ἐνεργεῖ περὶ ὕλας διαφόρους μιᾷ φύcει χρώμενον. ἔοικε δὲ καὶ Ζήνων εἰc τοῦτό πως ὑποφέρεcθαι ὁ Κιττιεὺς ὁριζόμενος τὴν φρόνηcιν ἐν μὲν ἀπονεμητέοιc δικαιοcύνην· ἐν δὲ αἱρετέοιc cωφροcύνην· ἐν δὲ ὑπομενετέοιc ἀνδρείαν· ἀπολογούμενοι δὲ ἀξιοῦcιν ἐν τούτοις τὴν ἐπιcτήμην φρόνηcιν ὑπὸ τοῦ Ζήνωνος ὠνομάcθαι. vgl. de stoic. rep. 7, 1. [77] Plutarch de stoic. rep. 7, 4 ὁ δὲ Κλεάνθης ἐν ὑπομνήμαcι φυcικοῖc εἰπών, ὅτι «πληγὴ πυρὸc ὁ τόνος ἐcτί, κἂν ἱκανὸc ἐν τῇ ψυχῇ γένηται πρὸς τὸ ἐπιτελεῖν τὰ ἐπιβάλλοντα, ἰcχὺc καλεῖται καὶ κράτος»· ἐπιφέρει κατὰ λέξιν· «ἡ δ' ἰcχὺc αὕτη καὶ τό κράτος ὅταν μὲν ἐπὶ τοῖc ἐπιφανέcιν ἐμμενετέοιc ἐγγένηται, ἐγκράτειά ἐcτιν· ὅταν δ' ἐν τοῖc ὑπομενετέοιc ἀνδρεία· περὶ τὰς ἀξίας δὲ δικαιοcύνη· περὶ τὰς αἱρέcειc καὶ ἐκκλίcειc cωφροcύνη»

somit trotz jenes theoretischen factors doch ebensowol praktisches
verhalten und wirksame kraft sein. danach ergibt sich als das eigentümliche wesen der tugend, praktisch werdende vernunft oder ver-
nünftiger wille zu sein.

Im grunde genommen kann es nur éine tugend geben: die vernünftige einsicht. allein unter verschiedenen verhältnissen wird sich
die éine tugend in verschiedener gestalt zeigen, so dasz man ebenfalls von mehreren tugenden reden darf. die einheit der tugend
wurde besonders scharf betont von Ariston[78], wogegen Chrysippos
späterhin in geradem widerspruch zu ihm erklärte, die vielheit der
tugenden beruhe nicht auf äuszeren umständen und verhältnissen,
sondern auf einer wesentlichen verschiedenheit der seelenzustände.[79]
wie so oft steht Zenon mit seiner ansicht auch hier zwischen Ariston
und Chrysippos in der mitte, aber näher dem erstern. Zenon räumt
zwar ein, es gebe allerdings mehrere bestimmt von einander unter-
schiedene tugenden und zwar zunächst vier cardinaltugenden, allein
nichtsdestoweniger sollen dieselben zugleich untrennbar mit einander verbunden sein.[80] Plutarch findet in diesen worten einen unauf-
löslichen widerspruch; allein es läszt sich die ausdrucksweise doch
rechtfertigen, wenn man etwa an ein bild erinnert: von vier ästen
eines baumes, die aus demselben stamm entsprossen nach verschiedenen richtungen hin sich erstrecken und der eine so, der andere
anders sich entwickeln, kann man doch mit gleichem rechte verschiedenheit und untrennbaren zusammenhang behaupten.

Die cardinaltugenden Zenons waren die vier Platonischen: einsicht, tapferkeit, mäszigung, gerechtigkeit (s. anm. 80 und 76).
gerechtigkeit ist ihm einsicht hinsichtlich dessen was man einem
jeden zukommen lassen musz, mäszigung einsicht hinsichtlich des
zu wählenden und zu meidenden, tapferkeit hinsichtlich des zu
wirkenden und zu duldenden. für die vierte tugend, die einsicht
als specialtugend neben den drei andern, blieb auf diese weise keine
entsprechende definition übrig, und es ergab sich als unangenehmer

---

[78] Galenos de Hippocr. et Plat. 7, 2 s. 595 (vgl. Zeller ao. s. 220, 1
und 222, 4): νομίcαc γοῦν ὁ Ἀρίcτων, μίαν εἶναι τῆc ψυχῆc δύναμιν, ᾗ
λογιΖόμεθα, καὶ τὴν ἀρετὴν ἔθετο μίαν, ἐπιcτήμην ἀγαθῶν καὶ κακῶν.
ferner Diog. VII 161 von Ariston: ἀρετάc τ᾽ οὔτε πολλὰc εἰcῆγεν, ὡc
ὁ Ζήνων, οὔτε μίαν πολλοῖc ὀνόμαcι καλουμένην, ὡc οἱ Μεγαρικοί, ἀλλὰ
κατὰ [so mit Zeller statt καὶ zu lesen] τὸ πρόc τί πωc ἔχειν.   [79] Galenos de Hippocr. et Plat. 7, 1 s. 590 (Zeller ao. s. 224, 5): ὁ τοίνυν
Χρύcιππος δείκνυcιν, οὐκ ἐν τῇ πρόc τι cχέcει γενόμενον τὸ πλῆθος
τῶν ἀρετῶν τε καὶ κακιῶν, ἀλλ᾽ ἐν ταῖc οἰκείαιc οὐcίαιc ὑπαλλαττο-
μέναιc κατὰ τὰc ποιότητας.   [80] Plutarch de stoic. rep. 7, 1 ἀρετὰc ὁ
Ζήνων ἀπολείπει πλείονας, κατὰ διαφορὰc, ὥcπερ ὁ Πλάτων, οἷον
φρόνηcιν, ἀνδρείαν, cωφροcύνην, δικαιοcύνην· ὡc ἀχωρίcτους
μὲν οὔcας, ἑτέρας δὲ καὶ διαφερούcας ἀλλήλων. πάλιν δὲ ὁριΖόμενος
αὐτῶν ἑκάcτην, τὴν μὲν ἀνδρείαν φηcὶ φρόνηcιν εἶναι ἐν ἐνεργητέοιc·
τὴν δὲ δικαιοcύνην φρόνηcιν ἐν ἀπονεμητέοιc· ὡc μίαν οὖcαν ἀρετήν, ταῖc δὲ πρόc τὰ πράγματα cχέcεcι κατὰ τὰc ἐνεργείας διαφέρειν
δοκοῦcαν.

übelstand, dasz mit demselben namen die fundamentaltugend und eine ihrer vier arten belegt wurde. spätere suchten dies zu vertheidigen, indem sie behaupteten, das wort φρόνησις sei in den obigen begriffsbestimmungen von Zenon im sinne von ἐπιστήμη gebraucht worden (vgl. oben anm. 76 am ende); ein offenbarer irrtum, der sich nur daraus erklärt, dasz seit Chrysippos zeiten in der that das theoretische element der tugend überwiegend weit mehr betont wurde als dies bei den alten stoikern der fall gewesen war. in dieser spätern zeit pflegte die einsicht definiert zu werden als das wissen von gutem, bösem und gleichgültigem[81]; Ariston hatte sie bestimmt als diejenige tugend, welche darauf achtet was gethan werden müsse und was nicht (vgl. anm. 76). bei Kleanthes hiesz die vierte tugend, wenn wir dem Plutarch glauben schenken, gar nicht φρόνησις, sondern ἐγκράτεια und wurde als diejenige seelenkraft gefaszt, welche sich auf das beharrlich festzuhaltende ausgezeichnete richtet (vgl. anm. 77). den namen der vierten haupttugend zu ändern konnte Kleanthes teils aus rücksichten der deutlichkeit bewogen werden, teils auch durch seine ganze philosophische richtung, welche das praktische element der tugend bevorzugte. wenn aber Ariston neben die anderen tugenden die einsicht stellte, so dürfen wir annehmen dasz es Zenon gleichfalls gethan hatte. ungewis bleibt dabei, wie Zenons definition der φρόνησις lautete. sollte er sie etwa gar nicht definiert haben? Plutarch zählt an zwei verschiedenen stellen vier Zenonische haupttugenden auf und definiert jedesmal nur die drei andern, die einsicht nicht. oder rührt die oben bereits erwähnte definition — einsicht ist das wissen von gutem, bösem und gleichgültigem, schon von Zenons zeiten her? letztere annahme würde am leichtesten erklären, wie man später, durch falsche analogie verleitet, dazu kam auch die tapferkeit, mäszigung, gerechtigkeit als ἐπιστῆμαι zu definieren, auch wäre die differenz von den definitionen des Ariston und Kleanthes nicht allzu bedeutend, auszerdem fallen einfachheit des ausdrucks und übereinstimmung mit Zenons güterlehre zu gunsten der letztern vermutung in die wagschale.

Wie die vier hauptleidenschaften, so zerfielen auch die vier haupttugenden bei den stoikern in viele unterarten, deren definitionen Stobäos und Diogenes überliefern. ob bereits einiges von diesen einteilungen in die alte vorchrysippische zeit gehört, läszt sich bei dem fehlen jeglicher angabe über die urheberschaft nicht mehr ermitteln.

Vergegenwärtigen wir uns, dasz nach Zenons ansicht die tugend im grunde nur éine ist, nemlich praktische weisheit, so kann die folgerung nicht befremden, dasz, wo eine tugend sich zeigt, diese nie vereinzelt auftreten kann, sondern mit ihr zugleich alle andern

---

[81] Diog. VII 92 καὶ τὴν μὲν φρόνησιν εἶναι ἐπιστήμην κακῶν καὶ ἀγαθῶν καὶ οὐδετέρων. ebenso Stobäos ekl. II 102. Sextos c. math. XI 170.

vorhanden sein müssen; weil ferner das wesen der tugend in der praktischen einsicht, nicht aber in der äuszern handlung beruht, so ist unter ihr eine bestimmte beschaffenheit zu verstehen, die entweder ganz oder gar nicht vorhanden ist.[82] es kann daher zwischen tugend und tugend kein wertunterschied stattfinden: handelt es sich doch bei jedem moralischen urteil stoischer ansicht gemäsz nur um die alternative tugend oder schlechtigkeit ohne dazwischen liegende vermittlung. auf die vergehungen angewendet ergibt dies den bekannten stoischen satz, dasz alle vergehungen gleich seien.[83] selbst von Chrysippos noch wurde dieses dogma in voller schärfe aufrecht erhalten, weshalb es auch ohne das äuszere zeugnis des Diogenes schon seines rigorismus wegen dem stifter der schule beigelegt werden müste: denn bei dem bemühen der späteren den stoicismus mehr mit den gewöhnlichen ansichten der leute in übereinstimmung zu bringen und seine scharfen ecken abzuschleifen würde man eine solche behauptung nicht gewagt haben, hätte man sie nicht von anfang an vorgefunden.

So wenig der stoiker einen unterschied zwischen den einzelnen vergehungen zugab, so wenig konnte er es anderseits unter den einzelnen tugendhaften handlungen, er muste vielmehr überall auf die äuszere handlung sehr wenig gewicht legen und das entscheidende einzig und allein in der gesinnung des menschen, in der beschaffenheit. seiner seele finden, kurz ihm galt der charakter als maszgebend. der charakter ist die quelle, aus welcher alle einzelnen handlungen wie bächlein hervorsprudeln[84], verschieden in ihrer richtung, aber alle dasselbe wasser mit sich führend. Zenon betrachtete den menschlichen charakter als etwas so beharrliches und ausgeprägtes, dasz er einen bestimmenden einflusz desselben auf die körpergestalt annahm, man könne daher, behauptete er, aus der gestalt eines menschen seinen charakter deutlich erkennen.[85]

Für die tugendhafte handlung hatte übrigens Zenon — ihm wird ausdrücklich (s. anm. 18) diese benennung zugeschrieben — einen besondern namen eingeführt. er nennt sie das geziemende (καθῆκον), ein treffender ausdruck seiner überzeugung, dasz tugendhaftes handeln eine jedem menschen zukommende pflicht und diejenige thätigkeit sei, auf welche ihn seine natürlichen anlagen als das allein ihnen entsprechende hinweisen.

---

[82] Stobäos ekl. II 98 nach Areios: διαθέσεις μὲν τὰς ἀρετὰς πάσας, so lehrten die stoiker. vgl. anm. 73.　　[83] Diog. VII 120 ἀρέσκει τ' αὐτοῖς (sc. τοῖς στωικοῖς) ἴσα ἡγεῖσθαι τὰ ἁμαρτήματα, καθά φησι Χρύσιππος ἐν τῷ τετάρτῳ τῶν ἠθικῶν ζητημάτων καὶ Περσαῖος καὶ Ζήνων. Sextos c. math. VII 422 κἀντεῦθεν ὁρμώμενοι οἱ περὶ τὸν Ζήνωνα ἐδίδασκον ὅτι ἴσα ἐστὶ τὰ ἁμαρτήματα.　　[84] Stobäos ekl. II 36 οἱ δὲ κατὰ Ζήνωνα τὸν στωικὸν τροπικῶς· ἦθός ἐστι πηγὴ βίου, ἀφ' ἧς αἱ κατὰ μέρος πράξεις ῥέουσι.　　[85] Diog. VII 173 λέγεται δέ, φάσκοντος αὐτοῦ (sc. τοῦ Κλεάνθους) κατὰ Ζήνωνα καταληπτὸν εἶναι τὸ ἦθος ἐξ εἴδους, νεανίσκους τινὰς εὐτραπέλους ἀγαγεῖν πρὸς αὐτὸν κίναιδον usw.

Der weise.

Am schroffsten und anstöszigsten erschien die stoische ethik da, wo sie ihre grundsätze auf die handelnden personen anwendete und die concrete verkörperung sittlichen handelns im menschen schilderte. es wurden nemlich zwei arten von menschen angenommen, gute und schlechte oder weise und thoren, solche die ihrem charakter gemäsz ihr ganzes leben lang die tugend üben, und solche die nicht aufhören der sünde zu fröhnen.[86] diese beiden menschenclassen sind scharf von einander geschieden, und ein übertritt von der einen zur andern kann nur plötzlich erfolgen. dabei wird jedoch die möglichkeit eines fortschritts zum bessern nicht geleugnet, man kann ihn sogar an sich selbst beobachten, wenn man die seele in dem zustande belauscht, wo sie unverhüllt ihre wahre gestalt zeigt, im traume. wer im traume sich keiner schändlichkeit freut, kein laster begeht, sondern seine seele wie ein ruhiges meer daliegen sieht, durch dessen klaren spiegel man auf tiefem grunde die herschende vernunft erblickt, der darf sich zu den fortschreitenden zählen.[87] aber so lange er die haarscharfe linie, welche die gebiete der tugend und des lasters von einander scheidet, noch nicht überschritten hat, so lange gehört er, mag er derselben auch noch so nahe stehen, immer zu der classe der schlechten und unweisen.

Die idealistischen schilderungen des weisen bei den stoikern sind bekannt. wie weit Zenon zu solchen übertreibungen vorbild und anlasz gegeben hatte, ist durch directe zeugnisse nicht nachzuweisen[88]; gleichwol läszt sich annehmen, dasz er wie in der lehre von der autarkie der tugend auch hier die kynische ansicht in voller schärfe beibehielt, da zu einer abschwächung in seinem system keine veranlassung lag. um so mehr haben wir grund zu dieser annahme, weil die späteren stoiker das ideal des weisen, theoretisch wenigstens, consequent aufrecht hielten, doch wol als einen altehrwürdigen fundamentalstein ihres ganzen lehrgebäudes, den bereits der meister gelegt hatte.

In der lehre von den gütern hatte Zenon, wie wir sahen, nicht umhin gekonnt durch einführung der προηγμένα den verhältnissen des wirklichen lebens rechnung zu tragen. es fragt sich nun, ob er ähnliche milderungen seiner strengen grundsätze auf dem zuletzt be-

---

[86] Stobäos ekl. II 198 ἀρέςκει γὰρ τῷ τε Ζήνωνι καὶ τοῖc ἀπ' αὐτοῦ cτωικοῖc φιλοcόφοιc δύο γένη τῶν ἀνθρώπων εἶναι, τὸ μὲν τῶν cπουδαίων τὸ δὲ τῶν φαύλων, καὶ τὸ μὲν τῶν cπουδαίων διὰ παντὸc τοῦ βίου χρῆcθαι ταῖc ἀρεταῖc τὸ δὲ τῶν φαύλων ταῖc κακίαιc. [87] Plutarch de profect. in virt. 12 ὅρα δὴ καὶ τὸ τοῦ Ζήνωνος ὁποῖόν ἐcτιν· ἠξίου γὰρ ἀπὸ τῶν ὀνείρων ἕκαcτον ἑαυτοῦ cυναιcθάνεcθαι προκόπτοντοc, εἰ μήτε ἡδόμενον αἰcχρῷ τινὶ ἑαυτὸν, μήτε τι προcιέμενον ἢ πράττοντα τῶν δεινῶν καὶ ἀδίκων ὁρᾷ κατὰ τοὺc ὕπνουc, ἀλλ' οἷον ἐν βυθῷ γαλήνης ἀκλύcτου καταφανεῖ, διαλάμπει τῆc ψυχῆc τὸ φανταcτικὸν καὶ παθητικὸν ὑπὸ τοῦ λόγου διακεχυμένον. [88] vgl. übrigens Cic. *de fin.* V 28, 84 *at Zeno eum (sapientem) non beatum modo, sed etiam divitem dicere ausus est.*

sprochenen gebiete zugelassen hat, wo es sich um das wesen und den besitz der tugend handelte. die zugeständnisse dort, könnte man geltend machen, müsten hier notwendig ähnliche nach sich ziehen; allein dabei ist doch nicht auszer acht zu lassen, dasz die urheber philosophischer systeme niemals nach allen seiten hin dieselben gleichmäszig ausbauen, sondern bald hier, bald dort lücken gelassen haben, die dem kühl beobachtenden sehr leicht in die augen fallen musten und oft von späteren anhängern als besonders dem feindlichen angriff ausgesetzte puncte ausgefüllt wurden. in solchen fällen bietet nur die beglaubigung durch äuszere zeugnisse einen anhalt für die bestimmung der art und zeit der entstehung.

Ein fall dieser art liegt vor in der lehre von dem κατόρθωμα. es wurde nemlich in der stoischen schule streng unterschieden zwischen der blosz äuszerlich gesetzmäszigen handlung (καθῆκον) und der aus wahrhaft tugendhafter gesinnung hervorgehenden guten that (κατόρθωμα).[89] dasz der allgemeinere begriff καθῆκον von Zenon herrührt, wissen wir sicher (s. anm. 18), von dem specielleren κατόρθωμα ist es nicht nachzuweisen. allerdings berichtet Cicero (s. anm. 58 ae.), Zenon habe entsprechend seiner annahme von προηγμένα und ἀποπροηγμένα zwischen gütern und übeln ebenso zwischen die tugendhafte handlung und die böse that die äuszerliche gesetzeserfüllung in die mitte gestellt. consequenter weise muste er es thun ohne frage, und Ciceros gewährsmann Antiochos (anm. 43) lehrte demgemäsz; aber wäre es nicht seltsam von dem Zenonischen ursprung des κατόρθωμα zu schweigen, während er bei dem καθῆκον erwähnt wurde, wenn doch beide gleichen ursprungs wären? wer es wuste dasz Zenon das καθῆκον aufbrachte, sollte der vom κατόρθωμα nicht dasselbe gewust und berichtet haben? so dürfte letzteres doch eher als späterer zusatz zu betrachten sein.

Auch in der lehre von den affecten findet sich bei den späteren stoikern eine einschränkung der geforderten völligen affectlosigkeit oder apathie vor, indem neben den πάθη als verwerflichen gemütsbewegungen gewisse erlaubte εὐπάθειαι angenommen wurden, welche als nicht vernunftwidrig auch bei dem weisen vorkommen können. nach Seneca[90] hätte Zenon selbst gelegentlich geäuszert, auch bei dem weisen bleibe, wenn die wunde geheilt sei, eine narbe zurück, dh. auch nach völliger unterdrückung der leidenschaft werde diese in der seele gewisse spuren, die sich durch einen schwachen reiz zu erkennen geben, zurücklassen. bei dem mangel jedes weiteren zeugnisses berechtigt uns Senecas notiz nicht die unterscheidung von πάθος und εὐπάθεια für altstoisch zu halten.

---

[89] Stobäos ekl. II 158 τῶν δὲ καθηκόντων τὰ μὲν εἶναί φασι τέλεια, ἃ δὴ καὶ κατορθώματα λέγεcθαι. κατορθώματα δ' εἶναι τὰ κατ' ἀρετὴν ἐνεργήματα, οἷον τὸ φρονεῖν τὸ δικαιοπραγεῖν.   [90] *dial.* III 16, 7 *nam, ut dicit Zenon, in sapientis quoque animo, etiam cum volnus sanatum est, cicatrix manet.*

Noch unwahrscheinlicher ist es, dasz Zenon die lehre von dem fortschreitenden gegenüber dem weisen weiter ausführte. vielmehr sieht die verweisung des weisen aus der wirklichkeit und die schilderung des fortschreitenden, welche ihn dem weisen zum verwechseln ähnlich macht, einer apologetischen neubildung zu ähnlich, als dasz man sie in die frühere zeit des stoicismus zu setzen wagen dürfte. eins spricht sogar direct dagegen. Chrysippos hielt die tugend für verlierbar, Kleanthes dagegen[91] behauptete in übereinstimmung mit den kynikern[92], wer sie einmal besitze, könne sie unmöglich wieder verlieren. Zenon kann nur das letztere gelehrt haben: denn wir finden diese ansicht zugleich bei seinen lehrern (den kynikern) und bei seinem unselbständigsten schüler, auszerdem wissen wir dasz Chrysippos sich in wesentlichen puncten von dem vater des stoicismus entfernte, und endlich können wir sehr leicht die unverlierbarkeit der tugend, sehr schwer ihr gegenteil in den gedankenkreis Zenons einfügen. die unmöglichkeit die tugend zu verlieren setzt die möglichkeit sie zu erlangen notwendig voraus, falls es sich nicht (was bei Zenon nicht zutrifft) um ein leeres gerede ohne praktischen wert handelt, und so ergibt die ansicht von der unwirklichkeit des weisen und der unterschiebung des fortschreitenden an seine stelle als eine abänderung, vielleicht aus Chrysippos zeiten.

Mit den bisher entwickelten allgemeinen ethischen bestimmungen hielt der stoiker Ariston das gebiet der philosophischen ethik für abgeschlossen. was die anwendung dieser grundsätze auf die concreten fälle, wie das leben sie bietet, angeht, so meinte er, damit habe sich die philosophie nicht zu befassen, das müsse sie den ammen und pädagogen überlassen[93]; er wollte also von einer speciellen moral nichts wissen. wäre Zenons ansicht die gleiche gewesen, so würde schwerlich Kleanthes diesen teil der ethik, vorausgesetzt dasz derselbe nicht in der luft schwebe, sondern durch allgemeine grundsätze eine solide grundlage erhalten habe, für nützlich erklärt haben[94],

---

[91] Diog. VII 127 καὶ μὴν τὴν ἀρετὴν Χρύσιππος μὲν ἀποβλητήν, Κλεάνθης δὲ ἀναπόβλητον· ὁ μὲν ἀποβλητὴν διὰ μέθην καὶ μελαγχολίαν, ὁ δ᾽ ἀναπόβλητον διὰ βεβαίους καταλήψεις.   [92] Diog. VI 105 ἀρέσκει δ᾽ αὐτοῖς (sc. τοῖς κυνικοῖς) καὶ τὴν ἀρετὴν διδακτὴν εἶναι . . . καὶ ἀναπόβλητον ὑπάρχειν.   [93] Sextos c. math. VII 12: Ariston von Chios verwarf nicht nur die physik und logik, sondern auch einige teile der ethik, καθάπερ τόν τε παραινετικὸν καὶ τὸν ὑποθετικὸν τόπον· τούτους γὰρ εἰς τίτθας ἂν καὶ παιδαγωγοὺς πίπτειν, ἀρκεῖν δὲ πρὸς τὸ μακαρίως βιῶναι τὸν οἰκειοῦντα μὲν πρὸς ἀρετὴν λόγον, ἀπαλλοτριοῦντα δὲ κακίας, κατατρέχοντα δὲ τῶν μεταξὺ τούτων, περὶ ἃ οἱ πολλοὶ πτοηθέντες κακοδαιμονοῦσιν. Seneca *ep.* 89, 13 *Ariston Chius . . . moralem quoque* (sc. *partem philosophiae*), *quam solam reliquerat, circumcidit: nam eum locum, qui monitiones continet, sustulit et paedagogi esse dixit, non philosophi.*

[94] Seneca *ep.* 94, 1 f. *eam partem philosophiae quae dat propria cuique personae praecepta . . quidam solam receperunt . . . sed Ariston stoicus e contrario hanc partem levem existimat. . . Cleanthes utilem quidem iudicat et hanc partem, sed imbecillam, nisi ab universo fluit, nisi decreta ipsa philosophiae et capita cognovit.*

noch auch ein dritter schüler des Zenon, Persäos[95], sein landsmann und hausgenosse, in seinen gastmahlsunterhaltungen eingehende vorschriften, welche nach des Athenäos zeugnis auf Stilpon und Zenon zurückgiengen, gegeben haben über die richtige einrichtung der symposien.

Mag nun (nach dieser notiz zu urteilen) Zenon den kleinern kreis geselligen zusammenlebens ethischer betrachtung gewürdigt haben oder nicht, dem gröszern und bedeutendern kreise menschlicher gemeinschaft, dem staate, wandte er seine aufmerksamkeit und sein philosophisches interesse in hohem grade zu. wir erinnern uns hier seines bereits oben besprochenen jugendwerkes mit den darin aufgestellten idealen forderungen manigfacher art (s. 5 ff.). in späteren jahren, wo Zenon dem kynismos bereits freier gegenüberstand, scheint er einiges von dem in der politeia allzu kühn aufgestellten zurückgenommen oder wenigstens für unangemessen erachtet zu haben, so lange der stoische idealstaat sich noch nicht verwirklichen lasse. hatte er zb. einst das geld für überflüssig erklärt, so erlaubte er später einen mäszigen gebrauch und besitz desselben und rechnete diesen unter die προηγμένα.[96] beteiligung am politischen leben empfahl er dem weisen, falls ihn nichts daran hindere[97], wenngleich er selbst sich demselben fern hielt, wol um unbehindert seinen philosophischen bestrebungen zu leben.[98] der staat selbst aber — so urteilte Kleanthes[99], und Zenon wird nicht anders gedacht haben — ist als wohnlich eingerichtete zufluchtsstätte für die recht suchenden etwas sehr herliches. mit der in solchen äuszerungen bekundeten ehrfurcht vor der staatlichen gemeinschaft dürfen wir es wol in verbindung bringen, wenn Zenon und Kleanthes das athenische bürgerrecht nicht annahmen, sondern dem vaterlande treu bleiben wollten, dem sie durch geburt und abstammung angehörten.[100]

---

[95] Athenäos IV 162ᵇ Περcαίου τε τοῦ καλοῦ φιλοcόφου cυμποτικοὺc διαλόγουc cυντεθέντας ἐκ τῶν Cτίλπωνος καὶ Ζήνωνος ἀπομνημονευμάτων, ἐν οἷc Ζητεῖ ὅπωc ἂν μὴ κατακοιμηθῶcιν οἱ cυμπόται καὶ πῶc ταῖc ἐπιχύcεcι χρηcτέον πηνίκα τε εἰcακτέον τοὺc ὡραίουc καὶ τὰc ὡραίαc εἰc τὸ cυμπόcιον usw. [96] Athenäos VI 233ᵇ Ζήνων δὲ ἀπὸ τῆc cτοᾶc πάντα τἆλλα πλὴν τοῦ νομίμωc αὐτοῖc (sc. geld) καὶ καλῶc χρῆcθαι νομίcαc ἀδιάφορα τὴν μὲν εὐχὴν αὐτῶν καὶ φυγὴν ἀπειπών, τὴν χρῆcιν δὲ τῶν λιτῶν καὶ ἀπερίττων προηγουμένωc ποιεῖcθαι προcτάccων, ὅπωc ἀδεῆ καὶ ἀθαύμαcτον πρὸc τἆλλα τὴν διάθεcιν τῆc ψυχῆc ἔχοντεc οἱ ἄνθρωποι, ὅcα μήτε καλά ἐcτι μήτ' αἰcχρά, τοῖc μὲν κατὰ φύcιν ὡc ἐπὶ πολὺ χρῶνται, τῶν δ' ἐναντίων μηδὲν ὅλωc δεδοικότεc λόγῳ καὶ μὴ φόβῳ τούτων ἀπέχωνται. [97] Seneca *dial.* VIII 3, 2 *Zenon ait:* 'accedet ad rem publicam (sapiens), nisi si quid inpedierit.' [98] Seneca *dial.* IX 1, 10 *promptus, compositus sequor Zenona, Cleanthen, Chrysippum, quorum tamen nemo ad rem publicam accessit et nemo non misit.* [99] Stobäos ekl. II 208 Κλεάνθηc περὶ τὸ cπουδαῖον εἶναι τὴν πόλιν λόγον ἠρώτηcε τοιοῦτον· «πόλιc μέν εἰ ἔcτιν οἰκητηρίου καταcκεύαcμα, εἰc ὃ καταφεύγονταc ἔcτι δίκην δοῦναι καὶ λαβεῖν, οὐκ ἀcτεῖον δὴ πόλιc ἐcτίν; ἀλλὰ μὴν τοιοῦτόν ἐcτιν ἡ πόλιc οἰκητήριον· ἀcτεῖον ἄρ' ἐcτὶν ἡ πόλιc.» [100] Plutarch de stoic. rep. 4, 1 καὶ μὴν Ἀντίπατροc ἐν τῷ περὶ τῆc Κλεάνθουc καὶ

Auch die ehe und das familienleben hatte Zenon, obwol selbst unverheiratet, in seiner politeia empfohlen (s. anm. 15). die veredelnde wirkung dieser gemeinschaft wuste er wol zu würdigen, und dasz er sogar ein lebhaftes gefühl für weibliche sittsamkeit und schamhaftigkeit hatte, beweisen die vorschriften welche er den jungfrauen über ihr benehmen und ihre tracht gab, aufs deutlichste.[101] dem widerspricht es keineswegs, wenn er sich gleichwol nicht scheute jedem dinge seinen rechten namen zu geben, auch dem obscenen[102], wie er dies in der politeia und den diatriben gethan hatte. was es dagegen mit der angeblichen empfehlung von unsittlichkeiten, welche spätere nicht blosz von Zenon[103] sondern auch von Chrysippos[104] zu erzählen wissen, auf sich hat, wurde bereits oben (s. 8 f.) besprochen. eine noch schlimmere anschuldigung von seiten des Antigonos von Karystos[105] erklärt sich einerseits ebenso leicht aus einer falschen auffassung des Zenonischen Eros (s. anm. 12), als sie anderseits hinlänglich widerlegt wird durch zeugnisse von den verschiedensten seiten, nach welchen Zenon einen lebenswandel von musterhafter reinheit führte. er hatte nur wenige bedürfnisse. angeblich besasz er keinen einzigen sklaven zur bedienung[106], sein einfaches linsengericht muste er sich selbst bereiten[107] und seine jünger hielt

---

Χρυcίππου διαφορᾶc ἱcτόρηκεν, ὅτι Ζήνων καὶ Κλεάνθηc οὐκ ἠθέληcαν Ἀθηναῖοι γενέcθαι, μὴ δόξωcι τὰc αὐτῶν πατρίδαc ἀδικεῖν.

[101] Clemens paedag. III 253ᶜ ὑπογράφειν ὁ Κιττιεὺc ἔοικε Ζήνων εἰκόνα νεάνιδα· καὶ οὕτωc αὐτὸν ἀνδριαντουργεῖ· ἔcτω, φηcί, καθαρὸν τὸ πρόcωπον· ὀφρῦc μὴ καθειμένη μηδὲ ὄμμα ἀναπεπταμένον μηδὲ ἀνακεκλαcμένον· μὴ ὕπτιοc ὁ τράχηλοc μηδὲ ἀνιέμενα τὰ τοῦ cώματοc μέλη· ἀλλὰ τὰ μετέωρα ἐντόνοιc ὅμοια ὀρθόνου· πρὸc τὸν λόγον ὀξύτηc καὶ κατοχὴ τῶν ὀρθῶc εἰρημένων καὶ cχηματιcμοὶ καὶ κινήcειc μηδὲν ἐνδιδοῦcαι τοῖc ἀκολάcτοιc ἐλπίδοc· αἰδὼc μὲν ἐπανθείτω καὶ ἀρρενωπία· ἀπέcτω δὲ καὶ [ὁ] ἀπὸ τῶν μυροπωλίων καὶ χρυcοχοῖων καὶ ἐριοπωλίων ἅλυc καὶ ὁ ἀπὸ τῶν ἄλλων ἐργαcτηρίων· ἔνθα καὶ ἑταιρικῶc κεκοcμημέναι, ὥcπερ ἐπὶ τέγουc καθεζόμεναι διημερεύουcι. [102] Cicero epist. IX 22, 1 *amo verecundiam vel potius libertatem loquendi. atqui hoc Zenoni placuit, homini mehercule acuto, etsi academiae nostrae cum eo magna rixa est. sed, ut dico, placet stoicis suo quamque rem nomine appellare. sic enim disserunt, nihil esse obscenum, nihil turpe dictu, nam si quod sit in obscenitate flagitium, id aut in re esse aut in verbo, nihil esse tertium.*

[103] Sextos c. math. XI 190 καὶ πάλιν (ὁ αἱρεcιάρχηc Ζήνων τοιαῦτά τινα διέξειcιν·) διαμεμήρικαc τὸν ἐρώμενον; οὐκ ἔγωγε. πότερον οὐκ ἐπεθύμηcαc παραcχεῖν cοι αὐτόν, ἢ ἐφοβήθηc κελεῦcαι; μὰ Δί’ ἀλλ’ ἐκέλευcαc; καὶ μάλα. εἶτ’ οὐχ ὑπηρέτηcέ cοι; οὐ γάρ. [104] Plutarch de stoic. rep. 22: Chrysippos behauptete dasz fleischlicher umgang mit der mutter oder tochter ohne grund in üblem rufe stände, denn die thiere thäten dasselbe sogar in den tempeln der götter, ohne diese dadurch zu entweihen. [105] Athenäos XV 563ᵉ: ihr stoiker ahmt dem Zenon nach, ὃc οὐδέποτε γυναικὶ ἐχρήcατο παιδικοῖc δ’ ἀεί, ὡc Ἀντίγονοc ὁ Καρύcτιοc ἱcτορεῖ ἐν τῷ περὶ τοῦ βίου αὐτοῦ. [106] Seneca *dial. XII 12, 4 unum fuisse Homero servum, tres Platoni, nullum Zenoni, a quo coepit stoicorum rigida ac virilis sapientia, satis constat.* [107] Athenäos IV 158ᵃ cτωικὸν δὲ δόγμα ἐcτὶν ὅτι τε πάντα εὖ ποιήcει ὁ cοφὸc καὶ φακῆν φρονίμωc ἀρτύcει. διὸ καὶ Τίμων ὁ Φλιάcιοc ἔφη «καὶ Ζηνώνειόν γε φακῆν ἕψειν ὃc μὴ φρονίμωc μεμάθηκεν». ὡc οὐκ ἄλλωc

er zu solcher bedürfnislosigkeit an, dasz sie spöttern wie Timon wie bettler vorkamen [108], die von glück sagen müsten, wenn sie seiner schule wieder entronnen seien. [109] im essen und trinken wurde die gröste mäszigkeit empfohlen [110] und trunkenheit schon deshalb für unwürdig eines weisen erklärt, weil sie alles ausplaudere. [111] in allen stücken gieng unserem philosophen die praktische bethätigung der ethik durch selbstbeherschung weit über alle noch so schön klingenden belehrungen. 'ich will' soll er geäuszert haben 'lieber einen Inder sehen, der sich selbst verbrennen läszt, als sämtliche lehrsätze über das ertragen von leiden auswendig lernen.' [112]

Den höchsten und letzten beweis von der vollkommenen herschaft des weisen über sich selbst und seine affecte und von der unbedingten hingebung des eignen ich an das alles bestimmende und beherschende naturgesetz oder, was damit zusammenfällt, der völligen ergebung in den willen der gottheit, welche sich Kleanthes in seinem hymnos so dringend von derselben erbittet [113], hat der stoische philosoph dann zu führen, wenn es gilt dem winke des schicksals gehorsam sich selbst den tod zu geben. auch hierin wurde Zenon den seinen ein vorbild [114], das noch bis in die späte Römerzeit hinab begeisterte nachahmer erweckte. über das hierbei mit in betracht kommende religiöse moment wird später zu reden sein, weil die religiösen anschauungen Zenons ebenso eng wie mit seiner ethik mit seinen physikalischen ansichten zusammenhängen und daher erst durch diese in vollem masze für uns verständlich werden.

δυναμένης ἐψηθῆναι φακῆς, εἰ μὴ κατὰ τὴν Ζηνώνειον ὑφήγησιν, ὃς ἔφη· εἰς δὲ φακὴν ἔμβαλλε δυωδέκατον κοριάννου. καὶ Κράτης δ᾽ ὁ Θηβαῖος ἔλεγε· μὴ πρὸ φακῆς λοπάδ᾽ αὔξων | εἰς στάσιν ἄμμε βάλῃς. [108] Diog. VII 16 ἦσαν δὲ περὶ αὐτὸν καὶ γυμνορρύπαροί τινες, ὥς φησι καὶ ὁ Τίμων· ὄφρα πενεστάων σύναγεν νέφος, οἳ περὶ πάντων | πτωχότατοί τ᾽ ἦσαν καὶ κουφότατοι βροτοὶ ἀστῶν. [109] Sextos c. math. XI 172: bei Timon heiszt es von einem, der es bereut stoiker geworden zu sein: φῆ δέ τις αἰάζων, οἷα βροτοὶ αἰάζουσιν· | οἴμοι ἐγὼ τί πάθω; τί νύ μοι σοφὸν ἔνθα γένηται; | πτωχὸς μὲν φρένας εἰμί, νόου δέ μοι οὐκ ἔνι κόκκος, | ἢ με μάτην φεύξεσθαι ὀίομαι αἰπὺν ὄλεθρον. | τρὶς μάκαρες μέντοι καὶ τετράκις οἱ μὴ ἔχοντες | μήτε κατατρώξαντες ἐνὶ σχολῇ ὅσσ᾽ ἐπέπαντο. | νῦν δέ με λευγαλέαις ἔρισιν εἵμαρτο δαμῆναι | καὶ πενίῃ καὶ ὅσ᾽ ἄλλα βροτοὺς κηφῆνας ἐλαστρεῖ. [110] Clemens strom. II 302 Ζήνωνι δὲ τῷ στωικῷ τὴν διδασκαλίαν μαρτυροῦσι καίτοι διασύροντες οἱ κωμικοὶ ὡδέ πως· φιλοσοφίαν κενὴν γὰρ οὗτος φιλοσοφεῖ | πεινῆν διδάσκει καὶ μαθητὰς λαμβάνει. | εἷς ἄρτος ὄψον ἰσχάς, ἐπιπιεῖν ὕδωρ. [111] Seneca *epist. 83, 9 vult nos ab ebrietate deterrere Zenon, vir maximus, huius sectae fortissimae ac sanctissimae conditor. audi ergo, quemadmodum colligat virum bonum non futurum ebrium: 'ebrio secretum sermonem nemo committit, viro autem bono committit: ergo vir bonus ebrius non erit.'* [112] Clemens strom. II 303 καλῶς ὁ Ζήνων ἐπὶ τῶν Ἰνδῶν ἔλεγεν, ἕνα Ἰνδὸν παροπτώμενον ἐθέλειν ἰδεῖν ἢ πάσας τὰς περὶ πόνου ἀποδείξεις μαθεῖν. [113] Kleanthes bei Epiktetos man. 52 ἄγου δέ μ᾽ ὦ Ζεῦ καὶ σύγ᾽ ἡ Πεπρωμένη | ὅποι ποθ᾽ ὑμῖν εἰμὶ διατεταγμένος· | ὡς ἕψομαί γ᾽ ἄοκνος· ἢν δὲ μὴ θέλω, | κακὸς γενόμενος οὐδὲν ἧττον ἕψομαι. [114] Diog. VII 28 ἐτελεύτα δὴ οὕτως· ἐκ τῆς σχολῆς ἀπιὼν προσέπταισε καὶ τὸν δάκτυλον περιέρρηξε· παίσας δὲ τὴν γῆν τῇ χειρὶ

Zenons physik.

Auf dem ethischen gebiete trat zwischen Zenon und den kynikern, von welchen er ausgieng, trotz vielfacher abweichungen im einzelnen doch im groszen und ganzen so wenig ein fundamentaler unterschied hervor, dasz man recht wol die Zenonische ethik als eine gemildetere, geselligere und auf die positiven verhältnisse des lebens mehr rücksicht nehmende abart der kynischen bezeichnen dürfte. wie nun der begründer des stoicismus die einseitigkeit und abgeschlossenheit der kynischen moral aufgab, weil sein feineres gefühl für sittlichkeit und sein praktischer sinn in ihr keine befriedigung fand, so drängte ihn nicht minder ein lebhaftes wissenschaftliches bedürfnis neben dem praktischen teile der philosophie den theoretischen nicht unangebaut zu lassen. doch erscheint bei ihm alle theoretische untersuchung und forschung immer einem praktischen zwecke dienstbar: denn sein wissenschaftliches interesse ist nie rein; nicht wahrheit ist das letzte ziel seines strebens, sondern glückseligkeit, allerdings eine glückseligkeit die Zenon sich nicht denken kann ohne einen festen besitz wissenschaftlicher kenntnisse. so gestaltet sich naturgemäsz alles was er an physikalischen und logischen sätzen seinem system einverleibte den ethischen bestimmungen gemäsz und musz diesem dominierenden teile seiner philosophie sich anbequemen. insbesondere erscheint die physik als die breite grundlage, auf welcher das gebäude der ethik ruhen soll; allein es bleibt doch unverkennbar, dasz dieses gebäude nicht ursprünglich auf jener unterlage erbaut wurde, sondern vielmehr dem bereits in allen hauptsachen fertigen bau nur behufs gröszerer haltbarkeit nachträglich untergeschoben worden ist.

Der zusammenhang zwischen ethik und physik wurde etwa durch folgende gedankenverbindung hergestellt. tugend ist der inbegriff aller glückseligkeit und die einzig naturgemäsze lebensweise. nun gehört es für ein vernunftbegabtes wesen wie den menschen notwendig zur vollkommenen glückseligkeit die vernunft durch wissenschaftliche erkenntnis auszubilden; ebenso ist eine naturgemäsze lebensweise nicht denkbar ohne kenntnis der natur. so ergibt sich die unentbehrlichkeit der naturkenntnis für die erreichung des ethischen zieles und die notwendigkeit der physik im system der philosophie.[115]

Der ethik zufolge erlangt der mensch die tugend, wenn er der natur oder der vernunft in seinem innern folgt. diese vernünftige

---

φησὶ τὸ ἐκ τῆς Νιόβης «ἔρχομαι· τί μ' αδεις;» καὶ παραχρῆμα ἐτελεύτησεν ἀποπνίξας ἑαυτόν. ebenso berichtet Stobäos floril. VII 45.

[115] Cicero *de fin.* IV 6, 14 *cum enim superiores, e quibus planissime Polemo, secundum naturam vivere summum bonum esse dixissent, his verbis tria significari stoici dicunt: unum eius modi, vivere adhibentem scientiam earum rerum quae natura evenirent: hunc ipsum Zenonis aiunt esse finem, declarantem illud, quod a te dictum est, convenienter naturae vivere. alterum* usw.

menschennatur, so knüpft nun die physik Zenons an, ist nur ein teil
oder ein ausflusz der im ganzen weltall herschenden allgemeinen
vernunft. das weltganze ist aber notwendig vernünftig, denn wie
könnte das ganze schlechter sein als seine teile?[116] und wenn die
vernunft im menschen denselben zu einem lebendigen wesen macht,
musz nicht die vernunft des alls dasselbe gleichfalls beleben?[117]
durch denselben nach den verschiedensten seiten hin durchgeführten
schlusz vom teil auf das ganze ergab sich für Zenon die vorstellung
als unabweisbar, die welt sei ein einheitliches (s. oben anm. 22),
bewustes und beseeltes wesen[118], welches die samenkeime seiner
allumfassenden vernunft[119] durch alle seine teile ausstreut und demgemäsz auch dem menschen den ihm gebührenden anteil spendet.

So durchdringt die éine naturkraft alles seiende. es gibt jedoch
neben diesem belebenden, vernünftigen princip noch ein zweites (s.
anm. 27). denn keine kraft ist denkbar ohne stoff, kein wirkendes
ohne ein materielles substrat, daher auch keine weltvernunft ohne
weltmaterie. die vernunft ist das thätige princip und wird als die
den stoff bewegende, ewige, immerfort neue gestaltungen hervor-
rufende göttliche kraft auch vorsehung oder verhängnis genannt
(s. oben anm. 26). ihr gegenüber ist die materie das passive, ge-
staltlose, ewig veränderliche, welches als urstoff ebenfalls von ewig-
keit her vorhanden war (und deshalb wol auch geradezu als das
wesen des seienden[120] bezeichnet wurde) und, wenn auch im ganzen
keiner vermehrung und verminderung fähig, doch im einzelnen in

---

[116] Cicero *de nat. deor.* II 8, 21: Zeno machte folgenden schlusz:
*quod ratione utitur, id melius est quam id quod ratione non utitur: nihil
autem mundo melius: ratione igitur mundus utitur.* (ebenso ebd. III
9, 22.) (§ 22) *idemque hoc modo: 'nullius sensu carentis pars aliqua potest
esse sentiens: mundi autem partes sentientes sunt: non igitur caret
sensu mundus.' pergit idem et urguet angustius: 'nihil' inquit 'quod
animi quodque rationis est expers, id generare ex se potest animantem compo-
temque rationis: mundus autem generat animantes compotesque rationis:
animans est igitur mundus composque rationis.'* · [117] Cicero de
nat. deor. II 8, 22 idemque (Zeno) *similitudine, ut saepe solet, rationem
conclusit hoc modo: 'si ex oliva modulate canentes tibiae nascerentur, num
dubitares quin inesset in oliva tibicinii quaedam scientia? quid? si platani
fidiculas ferrent numerose sonantes, idem scilicet censeres in platanis inesse
musicam. cur igitur mundus non animans sapiensque iudicetur, cum ex
se procreet animantes atque sapientes?'* [118] Sextos c. math. IX 101
Ζήνων δὲ ὁ Κιτιεὺς ἀπὸ Ξενοφῶντος τὴν ἀφορμὴν λαβὼν οὑτωσὶ cυνε-
ρωτᾷ. τὸ προϊέμενον cπέρμα λογικοῦ καὶ αὐτὸ λογικόν ἐcτιν· ὁ δὲ
κόcμοc προΐεται cπέρμα λογικοῦ· λογικὸν ἄρα ἐcτὶν ὁ κόcμοc.
[119] Sextos c. math. IX 104 καὶ πάλιν ὁ Ζήνων φηcίν· τὸ λογικὸν
τοῦ μὴ λογικοῦ κρεῖττόν ἐcτιν· οὐδὲν δέ γε κόcμου κρεῖττον ἐcτίν·
λογικὸν ἄρα ὁ κόcμοc. καὶ ὡcαύτωc ἐπὶ τοῦ νοεροῦ καὶ ἐμψυχίαc
μετέχοντοc. τὸ γὰρ νοερὸν τοῦ μὴ νοεροῦ καὶ τὸ ἔμψυχον τοῦ μὴ
ἐμψύχου κρεῖττόν ἐcτιν· οὐδὲν δέ γε κόcμου κρεῖττον· νοερὸc ἄρα
καὶ ἔμψυχόc ἐcτιν ὁ κόcμοc. [120] Diog. VII 150 οὐcίαν δέ φαcι
τῶν ὄντων ἁπάντων τὴν πρώτην ὕλην, ὡc καὶ Χρύcιπποc ἐν τῇ πρώτῃ
τῶν φυcικῶν καὶ Ζήνων.

unausgesetzter trennung und vermischung seiner teile begriffen ist. [121] nicht ohne grund konnte daher Tertullian äuszern, Zenon lasse seinen gott durch die weltmaterie hindurchgehen wie honig durch die waben. [122]

Die so eben entwickelten physischen fundamentalsätze, deren Zenonischer ursprung in einzelnen puncten durch directe citate, im übrigen durch ihre unentbehrlichkeit zum verständnis unzweifelhaft echter sätze des Kitiers gesichert ist, tragen wie die Aristotelischen einen wesentlich dualistischen charakter, und doch entwickelt sich auf solcher grundlage ein durch und durch materialistisches system. dies war nur möglich, wenn von den obigen zwei principien das eine nicht in voller reinheit festgehalten wurde, wie es denn in der that der fall ist. Zenon sagte nemlich nicht blosz, wie bereits erwähnt wurde, alles wirkende müsse eine stoffliche unterlage haben, nein er behauptete sogar, alles was wirkt sei körperlich, jegliche ursache sei notwendig ein körper. [123] darum soll selbst der ursprung von allem, die gottheit, nur ein körper der allerreinsten art sein [124] oder, wie es handgreiflicher ausgedrückt zu werden pflegte, die weltvernunft ist feuer [125], freilich kein gewöhnliches zerstörendes, sondern ein künstlerisch schöpferisches feuer [126], nemlich etwa das was wir jetzt die allbelebende animalische wärme nennen würden.

So wird die anfangs aufgestellte principielle scheidung zwischen kraft und stoff, weltvernunft und weltmaterie nicht einmal auf der höchsten wesensstufe bei der gottheit festgehalten, wo sie doch am klarsten hervortreten muste, und ergibt sich damit als etwas im gedankenkreise Zenons secundäres, als ein lediglich früheren, zu seiner zeit geläufigen anschauungen entlehntes, welches mit dem eigent-

---

[121] Stobäos ekl. I 322 Ζήνωνος· οὐcίαν δὲ εἶναι τὴν τῶν ὄντων πάντων πρώτην ὕλην, ταύτην δὲ πᾶcαν ἀίδιον καὶ οὔτε πλείω γιγνομένην οὔτε ἐλάττω· τὰ δὲ μέρη ταύτης οὐκ ἀεὶ ταὐτὰ διαμένειν, ἀλλὰ διαιρεῖcθαι καὶ cυγχεῖcθαι. διὰ ταύτης δὲ διαθεῖν τὸν τοῦ παντὸc λόγον, ὃν ἔνιοι εἱμαρμένην καλοῦcιν, οἷόν περ ἐν τῇ γονῇ τὸ cπέρμα. [122] Tertullian *ad nationes* II 4: Zenon lasse gott durch die *materia mundialis* hindurchgehen wie honig durch die waben (Zeller ao. III 1 s. 126, 1).

[123] Cic. *acad.* I 11, 39 s. unten anm. 132. ferner Stobäos ekl. I 336 αἴτιον δ' ὁ Ζήνων φηcὶν εἶναι δι' ὅ, οὗ δὲ αἴτιον cυμβεβηκόc· καὶ τὸ μὲν αἴτιον cῶμα, οὗ δὲ αἴτιον κατηγόρημα· ἀδύνατον δὲ εἶναι τὸ μὲν αἴτιον παρεῖναι, οὗ δέ ἐcτιν αἴτιον μὴ ὑπάρχειν. τὸ δὲ λεγόμενον τοιαύτην ἔχει δύναμιν· αἴτιόν ἐcτι δι' ὅ γίνεταί τι, οἷον διὰ τὴν φρόνηcιν γίνεται τὸ φρονεῖν, καὶ διὰ τὴν ψυχὴν γίνεται τὸ ζῆν, καὶ διὰ τὴν cωφροcύνην γίνεται τὸ cωφρονεῖν. ἀδύνατον γὰρ εἶναι cωφροcύνηc περὶ τινα οὔcηc μὴ cωφρονεῖν, ἢ ψυχῆc μὴ ζῆν, ἢ φρονήcεωc μὴ φρονεῖν.

[124] Hippolytos refut. haer. I 21: Chrysippos und Zenon nahmen an, ἀρχὴν μὲν θεὸν τῶν πάντων, cῶμα ὄντα τὸ καθαρώτατον (Zeller ao. III 1 s. 126, 1). [125] Stobäos ekl. I 60 Ζήνων ὁ cτωικὸc νοῦν κόcμου πύρινον. [126] Cic. *de nat. deor.* II 22, 57 *Zeno igitur naturam ita definit, ut eam dicat ignem esse artificiosum ad gignendum progredientem via* . . . (§ 58) *ipsius vero mundi, qui omnia complexu suo coërcet et continet, natura non artificiosa solum, sed plane artifex ab eodem Zenone dicitur, consultrix et provida utilitatum opportunitatumque omnium.*

lichen system nur in eine sehr äuszerliche verbindung zu treten vermochte. der eigentliche cardinalsatz der stoischen physik ist vielmehr der, dasz kraft und stoff in unzertrennlicher verbindung stehen und dasz es auszer der kraftbegabten materie oder der materiellen vernunft nichts wirkliches geben könne. für eine solche auffassung hat es denn auch nichts auffälliges, wenn dieselbe gottheit bald als vernunft, vorsehung, verhängnis, natur, künstler, weltgesetz, bald wiederum als künstlerisches feuer, als äther [127], als feurige vernunft bezeichnet wird — sie ist ja als untrennbare einheit von stoff und kraft das eine sowol wie das andere. aber unmöglich wird es einer so materialistischen weltanschauung zwischen gott und der welt einen wesentlichen unterschied festzuhalten, und so ergab sich auch für Zenon als notwendige folge des materialismus der pantheismus. wenn wir dem Diogenes glauben, so sagte Zenon ausdrücklich, die gesamte welt und der himmelsraum bildeten das wesen gottes. [128] es ist aber auch möglich, dasz Zenon in wirklichkeit nur gesagt hatte, die welt bestehe aus der göttlichen substanz, etwa ὁ κόσμος οὐσία θεοῦ ἐστίν, und dasz nur Diogenes (oder sein gewährsmann) irrtümlich in diesem satze eine bestimmung über das wesen gottes fand, indem er subject und prädicat verwechselte.

Der absolute materialismus wurde von der stoa auch später noch so streng festgehalten, dasz selbst eigenschaften der körper wieder als körper betrachtet wurden. es sollte nemlich vermöge der sog. κρᾶσις δι' ὅλων eine eigentümliche mischung der körperlichen elemente eines dinges mit den körperlichen elementen einer jeden seiner eigenschaften in der art stattfinden, dasz an jedem puncte des dinges diese elemente eng verbunden und doch unvermischt vereinigt seien. obgleich für die zurückführung dieser originellen ansicht auf Zenon keine zeugnisse vorliegen, liegt dieselbe doch nicht auszer aller wahrscheinlichkeit: denn da bereits Arkesilaos (von etwa 315—241 vor Ch. lebend) sie angriff [129], so musz sie jedenfalls in die erste zeit des stoicismus gehören, und gerade den Zenon soll Arkesilaos heftig angefeindet haben (Cic. *acad.* I 12, 44). doch werden die feinen unterscheidungen zwischen den verschiedenen arten der mischung (wie παράθεσις, μῖξις, κρᾶσις, σύγχυσις) erst in folge derartiger angriffe von späteren gemacht sein. als eine κρᾶσις δι' ὅλων scheint Zenon nach Tertullians mitteilung (s. anm. 122)

---

[127] Cic. *acad.* II 41, 126 *Zenoni et reliquis fere stoicis aether videtur summus deus, mente praeditus, qua omnia regantur. Cleanthes, qui quasi maiorum est gentium stoicus, Zenonis auditor, solem dominari et rerum potiri putat.* [128] Diog. VII 148 οὐσίαν δὲ θεοῦ Ζήνων μέν φησι τὸν ὅλον κόσμον καὶ τὸν οὐρανόν. [129] Plutarch comm. not. 37, 7 ἐνταῦθα δὴ καὶ τὸ θρυλούμενον ἐν ταῖς διατριβαῖς Ἀρκεσιλάου σκέλος ἥκει ταῖς ἀτοπίαις ἐπεμβαῖνον αὐτῶν (sc. τῶν στωικῶν) μετὰ γέλωτος. εἰ γάρ εἰσιν αἱ κράσεις δι' ὅλων, τί κωλύει τοῦ σκέλους ἀποκοπέντος καὶ κατασαπέντος καὶ ῥιφέντος εἰς τὴν θάλατταν καὶ διαχυθέντος, οὐ τὸν Ἀντιγόνου μόνον στόλον διεκπλεῖν, ὡς ἔλεγεν Ἀρκεσίλαος, ἀλλὰ τὰς Ξέρξου χιλίας καὶ διακοσίας; usw.

sich auch das verhältnis zwischen gott und der welt und ebenso das zwischen seele und leib, von welchem wir weiter unten reden, vorgestellt zu haben, wiewol doch wiederum ein bestimmter teil der welt als eigentlicher sitz der gottheit gilt. wenn Kleanthes diesen sitz nach der sonne verlegte, so beschränkte er hier die ansicht des meisters, der ihn viel unbestimmter im äther, dh. in der den äuszern weltraum erfüllenden peripherischen umfassung des weltganzen, finden wollte (s. anm. 127).

Die entwicklung der vielgestaltigen welt aus der éinen urkraft dachte sich Zenon vermittelt durch die vier elemente[130]: feuer, luft, wasser, erde. dagegen wollte er das fünfte element des Aristoteles als solches nicht gelten lassen, sondern liesz es, wie Cicero berichtet[131], mit dem feuer zusammenfallen. im wesentlichen teilt er übrigens doch die Aristotelische ansicht: denn er unterschied zwei arten von feuer, ein schöpferisches und erhaltendes[132] und das gewöhnliche nur zerstörende, nichts schaffende element.[133] jene erste art des feuers, das urfeuer, fällt mit dem fünften elemente des Stagiriten zusammen und bildet die substanz der gestirne, wie bei Aristoteles der äther es gleichfalls thut. von ihm aus nimt nun die gestaltung der welt (die διακόсμηсιс) ihren ausgang. aus dem urfeuer wird zunächst die luft, diese verdichtet sich zu wasser, das wasser wandelt sich in erde; zugleich behält jedoch einiges wasser seine eigentümliche gestalt bei, anderes verdampft zu luft, und von der luft entbrennt ein teil zu feuer: so mischen sich die elemente in beständigem wechsel auf die manigfaltigste weise in und durch einander.[134] wenn nun auch bei der weltentstehung eine abminde-

---

[130] Stobäos ekl. I 304 Ζήνων Μναсέου Κιτιεὺс ἀρχὰс μὲν τὸν θεὸν καὶ τὴν ὕλην, cτοιχεῖα δὲ τέссαρα. Plutarch plac. phil. I 3, 39 Ζήνων Μναсέου Κιτιεὺс ἀρχὰс μὲν τὸν θεὸν καὶ τὴν ὕλην, ὧν ὁ μέν ἐcτι τοῦ ποιεῖν αἴτιος, ἡ δὲ τοῦ πάсχειν, cτοιχεῖα δὲ τέτταρα. [131] de fin. IV 5, 12 cum autem quaereretur res admodum difficilis, num quinta quaedam natura videretur esse, ex qua ratio et intellegentia oreretur, in quo etiam de animis, cuius generis essent, quaereretur, Zeno id dixit esse ignem.

[132] Cic. acad. I 11, 39 de naturis autem sic sentiebat (Zeno), primum ut in quattuor initiis rerum illis quintam hanc naturam, ex qua superiores sensus et mentem effici rebantur, non adhiberet. statuebat enim ignem esse ipsam eam naturam, quae quidque gigneret et mentem atque sensus. discrepabat etiam ab isdem, quod nullo modo arbitrabatur quicquam effici posse ab ea quae expers esset corporis, cuius generis Xenocrates et superiores etiam animum esse dixerant, nec vero aut quod efficeret aliquid aut quod efficeretur posse esse non corpus. [133] Stobäos ekl. I 538 Ζήνων τὸν ἥλιόν φηcι καὶ τὴν сελήνην καὶ τῶν ἄλλων ἄcτρων ἕκαcτον εἶναι νοερὸν καὶ φρόνιμον καὶ πύρινον πυρὸс τεχνικοῦ. δύο γὰρ γένη πυρός, τὸ μὲν ἄτεχνον καὶ μεταβάλλον εἰс ἑαυτὸ τὴν τροφήν, τὸ δὲ τεχνικόν, αὐξητικόν τε καὶ τηρητικόν, οἷον ἐν τοῖс φυτοῖс ἐcτὶ καὶ ζῴοις, ὃ δὴ φύcιс ἐcτὶ καὶ ψυχή· τοιούτου δὴ πυρὸс εἶναι τὴν τῶν ἄcτρων οὐcίαν.

[134] Stobäos ekl. I 370 Ζήνωνα δὲ οὕτως ἀποφαίνεcθαι διαρρήδην· τοιαύτην δὲ δεήcει εἶναι ἐν περιόδῳ τὴν τοῦ ὅλου διακόcμηcιν ἐκ τῆς οὐcίας. ὅταν ἐκ πυρὸс τροπὴ εἰс ὕδωρ δι' ἀέρος γένηται, τὸ μέν τι ὑφίcταcθαι καὶ γῆν cυνίcταcθαι, καὶ ἐκ τοῦ λοιποῦ δὲ τὸ μὲν διαμένειν ὕδωρ, ἐκ δὲ τοῦ ἀτμιζομένου ἀέρα γίγνεcθαι, ἔκ τινος δὲ τοῦ ἀέρος πῦρ

derung des ursprünglichen feuers zu gunsten der dichteren elemente stattfand und im allgemeinen die abkühlung und verdichtung die entgegengesetzten übergangsarten überwog, so wurden doch diese letzteren nicht völlig unterdrückt, sondern sie sind damals nur zurückgedrängt worden. allmählich gewinnen sie aber ihrerseits die oberhand und bewirken endlich einen allgemeinen weltbrand, der das zurücksinken alles entstandenen in das urfeuer zum vorläufigen ergebnis hat, freilich um seinerzeit wiederum einer neuen weltbildung zu weichen. das dogma von der periodischen weltbildung und -verbrennung war altstoisch und wird ausdrücklich auf Zenon zurückgeführt.[135] so völlig sollte die zukünftige weltbildung nach dem groszen brande der vergangenen gleichen, dasz die erneuerte welt bis in das einzelnste das aussehen der jetzigen haben wird.[136] auch dieser satz der stoiker, ein folgerichtiges ergebnis ihres determinismus, kann um so eher von Zenon herrühren, da er sich schon in der Pythagoreischen schule findet.[137] das jedesmal mit dem weltbrand abschlieszende grosze weltenjahr ist zugleich das zeitmasz für das selige leben der götter, die ebenso wenig von dem allgemeinen untergange ausgeschlossen sind wie irgend sonst etwas.[138]

Mit derselben unabänderlichen notwendigkeit und gesetzmäszigkeit, wie die welt entsteht und vergeht, folgt während ihres bestehens alles einzelne dem einheitlichen gesetze des weltganzen, dem verhängnis (εἱμαρμένη) oder geschick. in der schrift περὶ φύσεως wurde dasselbe genauer von Zenon bestimmt als die den stoff immer nach derselben art und weise bewegende kraft, welche sich gleichfalls vorsehung oder natur nennen lasse (vgl. anm. 26). wir haben damit also im grunde nichts anderes vor uns als die urkraft, die gottheit, die weltvernunft oder wie sie sonst noch genannt wird, sofern man sie als feste, gesetzmäszige einheit in ihrem gegensatze zu den veränderlichen einzelvorgängen des weltlaufs ins auge faszt. da sie als schöpferische vernunft aus ihrem urfeuer jedes ein-

---

ἐξάπτειν, τὴν δὲ μῖξιν κρᾶσιν γίγνεσθαι τῇ εἰς ἄλληλα τῶν cταιχείων μεταβολῇ, cώματος ὅλου δι᾿ ὅλου τινὸς ἑτέρου διερχομένου.

[135] Eusebios praep. ev. XV 18, 3 ἀρέcκει γὰρ τοῖc cτωικοῖc φιλοcόφοιc τὴν ὅλην οὐcίαν εἰc πῦρ μεταβάλλειν, οἷον εἰc cπέρμα, καὶ πάλιν ἐκ τούτου αὐτὴν ἀποτελεῖcθαι τὴν διακόcμηcιν, οἷα τὸ πρότερον ἦν. καὶ ταῦτο τὸ δόγμα τῶν ἀπὸ τῆc αἱρέcεωc οἱ πρῶτοι καὶ πρεcβύτατοι προcήκαντο, Ζήνων τε καὶ Κλεάνθηc καὶ Χρύcιππος. τὸν μὲν γὰρ τούτου μαθητὴν καὶ διάδοχον τῆc cχολῆc Ζήνωνά φαcιν ἐπιcχεῖν περὶ τῆc ἐκπυρώcεωc τῶν ὅλων. [136] Stobäos ekl. I 414 Ζήνωνι καὶ Κλεάνθει καὶ Χρυcίππῳ ἀρέcκει τὴν οὐcίαν μεταβάλλειν οἷον εἰc cπέρμα τὸ πῦρ, καὶ πάλιν ἐκ τούτου τοιαύτην ἀποτελεῖcθαι τὴν διακόcμηcιν οἷα πρότερον ἦν. [137] Eudemos bei Simplikios phys. 173ᵃ εἰ δέ τιc πιcτεύcειε τοῖc Πυθαγορείοιc, ὡc πάλιν τὰ αὐτὰ ἀριθμῷ, κἀγὼ μυθολογήcω τὸ ῥαβδίον ἔχων ὑμῖν καθημένοιc οὕτω καὶ τὰ ἄλλα πάντα ὁμοίωc ἕξει, καὶ τὸν χρόνον εὔλογόν ἐcτι τὸν αὐτὸν εἶναι (nach Zeller ao. III 1 s. 141, 1).

[138] Philodemos π. θεῶν διαγωγῆc tab. 1, 1 vol. Hercul. VI 1: Zenon habe das selige leben der götter auf gewisse lange zeiträume beschränkt (Zeller ao. III 1 s. 140, 5).

zelne hervorbringt und entkeimen läszt, so führt sie in der stoischen schule als solche den namen λόγος σπερματικός. die vergleichung der vernunft mit dem samen — eine vergleichung der wir bereits wiederholt begegnet sind (vgl. anm. 118. 121. 136) — lag um so näher, als Zenon den menschlichen samen selbst (wie wir weiter unten sehen werden) für einen teil der seele und etwas luftartiges (πνεῦμα) erklärte; es mag daher immerhin der ausdruck λόγος σπερματικός bereits von ihm herrühren. [139]

Wenn durch das verhängnis alles unabänderlich vorherbestimmt ist, so wäre es die höchste thorheit, wenn der einzelne den versuch machen wollte sich dem willen des schicksals zu widersetzen; der weise wird vielmehr dem leisesten winke desselben gehorsam folgen, selbst wenn es ihn zum tode ruft (s. anm. 114). die notwendigkeit alles geschehens macht es aber anderseits dem weisen möglich aus gewissen zeichen die zukünftigen ereignisse, welche ja ebenso unabänderlich feststehen wie das bereits vergangene, vorherzubestimmen, so dasz es eine besondere kunst der mantik gibt. [140] ihre grundzüge entwarf schon Zenon, wie oben erwähnt worden ist (anm. 28).

Besondere schwierigkeiten muste bei einem so strengen determinismus das vorhandensein des bösen in der welt bereiten. Zenon konnte nicht leugnen dasz, wenn alles aus der urvernunft nach ewigem festem gesetz sich entwickle, auch das böse ein werk der gottheit sei: hatte er doch bestimmt die einheit der welt behauptet. woher denn nun dieser dualismus des guten und bösen? wie konnte dieselbe macht, die alles gute schafft, dessen gegensatz zugleich mit erzeugen? Kleanthes sucht diese peinliche frage dadurch zu erledigen, dasz er erklärt, es geschehe alles nach dem willen der gottheit, nur das nicht was die bösen aus eignem unverstand vollbringen [141] (ohne anzugeben wie diese ausnahme möglich sei), und gleich darauf [142] der gottheit die macht und weisheit zuschreibt auch das böse zum guten zu wenden und so den scheinbaren gegensatz in eine einheit aufzulösen. sind diese rechtfertigungen erst des Kleanthes erfindung, so hat Zenon sich mit der theodicee gar nicht beschäftigt; erkannte aber Zenon selbst diesen schwachen punct

---

[139] ebenso urteilt Weygoldt ao. s. 35.   [140] Diog. VII 149 καθ᾽ εἱμαρμένην δέ φασι τὰ πάντα γίνεσθαι Χρύσιππος ἐν τοῖς περὶ εἱμαρμένης καὶ Ποσειδώνιος ἐν δευτέρῳ περὶ εἱμαρμένης καὶ Ζήνων, Βόηθος δ᾽ ἐν τῷ πρώτῳ περὶ εἱμαρμένης. ἔστι δ᾽ εἱμαρμένη αἰτία τῶν ὄντων εἰρομένη ἢ λόγος καθ᾽ ὃν ὁ κόσμος διεξάγεται. καὶ μὴν καὶ μαντικὴν ὑφεστάναι πᾶσάν φασιν, εἰ καὶ πρόνοιαν εἶναι· καὶ αὐτὴν καὶ τέχνην ἀποφαίνουσι διά τινας ἐκβάσεις, ὥς φησι Ζήνων τε καὶ Χρύσιππος.

[141] Kleanthes bei Stobäos ekl. I 22 οὐδέ τι γίγνεται ἔργον ἐπὶ χθονὶ σοῦ δίχα, δαῖμον, | οὔτε κατ᾽ αἰθέριον θεῖον πόλον οὔτ᾽ ἐνὶ πόντῳ, | πλὴν ὁπόσα ῥέζουσι κακοὶ σφετέρῃσιν ἀνοίαις.   [142] ebd. ἀλλὰ σὺ καὶ τὰ περισσὰ ἐπίστασαι ἄρτια θεῖναι, | καὶ κοσμεῖν τὰ ἄκοσμα, καὶ οὐ φίλα σοὶ φίλα ἐστίν. | ὧδε γὰρ εἰς ἓν πάντα συνήρμοκας ἐσθλὰ κακοῖσιν, | ὥσθ᾽ ἕνα γίγνεσθαι πάντων λόγον αἰὲν ἐόντων, | ὃν φεύγοντες ἐῶσιν ὅσοι θνητῶν κακοί εἰσιν.

seines systems, so musz er sich wol ebenso schwankend und unzureichend über ihn geäuszert haben wie sein schüler.

Nicht nur mit allgemeinen physikalisch-philosophischen fragen, sondern auch mit der speciellen naturlehre hatte sich Zenon in der schrift über das weltganze beschäftigt (s. oben s. 10). so hielt er innerhalb der welt ein leeres, körperloses für unmöglich — eine notwendige folge der annahme von der alleinigen existenz des körperlichen — liesz es dagegen auszerhalb der welt sich bis ins unendliche ausdehnen und identificierte den raum geradezu mit dem körpererfüllten.[143] somit stellte er sich das weltall wie den raum als begrenzt vor. die zeit dachte er sich als den abstand der bewegung, dh. als masz derselben und mittel zur entscheidung über schnelligkeit und langsamkeit.[144] von den elementen war bereits die rede. eine eigentümlich hervorragende stellung erhielten die farben. sie sind dem Zenon die ersten schmückenden gestaltungen (cχηματιϲμοί) der ursprünglich gestalt- und schmucklosen materie.[145]

Was die bewegung der elemente im weltraum anlangt, so soll sie in zwiefacher richtung stattfinden. luft und feuer, die zwei gewichtlosen elemente, suchen von der mitte der kugelförmigen welt gegen ihre äuszere grenze hin vorzudringen, während die beiden schweren elemente, wasser und erde, umgekehrt dem centrum zudrängen. das weltganze hat das bestreben letztere bewegung zu begünstigen, indem einerseits die leichten elemente gehindert werden die weltgrenze zu überschreiten, anderseits die in der weltmitte befindliche erde unbewegt an derselben stelle sich erhält.[146] der ober-

---

[143] Stobäos ekl. I 382 Ζήνων καὶ οἱ ἀπ᾿ αὐτοῦ, ἐντὸς μὲν τοῦ κόσμου μηδὲν εἶναι κενόν, ἔξω δ᾿ αὐτοῦ ἄπειρον. διαφέρειν δὲ κενὸν, τόπον, χώραν· καὶ τὸ μὲν κενὸν εἶναι ἐρημίαν ϲώματος, τὸν δὲ τόπον τὸ ἐπεχόμενον ὑπὸ ϲώματος, τὴν δὲ χώραν τὸ ἐκ μέρους ἐπεχόμενον. vgl. Plutarch plac. phil. I 18, 4. [144] Stobäos ekl. I 254 Ζήνων ἔφηϲε χρόνον εἶναι κινήϲεωϲ διάϲτημα, τοῦτο δὲ καὶ μέτρον καὶ κριτήριον τάχουϲ τε καὶ βραδύτητοϲ ὅπωϲ ἔχει. κατὰ τοῦτον δὲ γίνεϲθαι τὰ γινόμενα, καὶ τὰ περαινόμενα ἅπαντα καὶ τὰ ὄντα εἶναι. Simplikios kateg. 88, Ζ. schol. 80ᵃ 6 (vgl. Zeller ao. III 1 s. 167, 5) τῶν δὲ ϲτωικῶν Ζήνων μὲν πάϲηϲ ἁπλῶϲ κινήϲεωϲ διάϲτημα τὸν χρόνον εἶπε. vgl. Plutarch Platon. quaest. 8, 4, 3 διάϲτημα κινήϲεωϲ (sc. εἶναι τὸν χρόνον), ἄλλο δ᾿ οὐδέν, ὡϲ ἔνιοι τῶν ϲτωικῶν. [145] Stobäos ekl. I 364 Ζήνων ὁ ϲτωικὸϲ τὰ χρώματα πρώτουϲ εἶναι ϲχηματιϲμοὺϲ τῆϲ ὕλης. wörtlich so bei Plutarch plac. phil. I 15, 5. [146] Stobäos ekl. I 406 Ζήνωνοϲ· τῶν δ᾿ ἐν τῷ κόϲμῳ πάντων τῶν κατ᾿ ἰδίαν ἕξιν ϲυνεϲτώτων τὰ μέρη τὴν φορὰν ἔχειν εἰϲ τὸ τοῦ ὅλου μέϲον, ὁμοίωϲ δὲ καὶ αὐτοῦ τοῦ κόϲμου, διόπερ ὀρθῶϲ λέγεϲθαι πάντα τὰ μέρη τοῦ κόϲμου ἐπὶ τὸ μέϲον τοῦ κόϲμου τὴν φορὰν ἔχειν, μάλιϲτα δὲ τὰ βάροϲ ἔχοντα· ταὐτὸν δὲ αἴτιον εἶναι καὶ τῆϲ τοῦ κόϲμου μονῆϲ ἐν ἀπείρῳ κενῷ καὶ τῆϲ γῆϲ παραπληϲίωϲ ἐν τῷ κόϲμῳ, περὶ τὸ τούτου κέντρον καθιδρυμένηϲ ἰϲοκρατῶϲ. οὐ πάντωϲ δὲ ϲῶμα βάροϲ ἔχειν, ἀλλ᾿ ἀβαρῆ εἶναι ἀέρα καὶ πῦρ· γίγνεϲθαι δὲ καὶ ταῦτά πωϲ ἐπὶ τὸ τῆϲ ὅλης ϲφαίραϲ τοῦ κόϲμου μέϲον, τὴν δὲ ϲύϲταϲιν πρὸϲ τὴν περιφέρειαν αὐτοῦ ποιεῖϲθαι. φύϲει γὰρ ἀνώφοιτα ταῦτ᾿ εἶναι διὰ τὸ μηδενὸϲ μετέχειν βάρουϲ· παραπληϲίωϲ δὲ τούτοιϲ οὐδ᾿ αὐτόν φαϲι τὸν κόϲμον βάροϲ ἔχειν, διὰ τὸ τὴν ὅλην αὐτοῦ ϲύϲταϲιν ἔκ τε τῶν βάροϲ ἐχόντων ϲτοιχείων εἶναι καὶ ἐκ τῶν

fläche der weltkugel zunächst musz sich demnach die hauptmasse des feuers befinden, so dasz man den gesamten himmel als feurig bezeichnen darf[147], und ebenso können die in diesem teile des weltgebäudes befindlichen sterne nur aus demselben elemente bestehen. mit dem irdischen feuer ist dies reine himmelsfeuer nicht zu vergleichen: denn im grunde ist es nichts anderes als das künstlerisch bildende urfeuer. darum sind auch die aus diesem bestehenden himmelskörper, wie zb. der mond, zugleich vernünftige, beseelte wesen.[148] wenn die bewegung des feuers im allgemeinen eine geradlinige, diametral der weltgrenze zustrebende sein soll, so wird sie doch in jenen höheren regionen offenbar eine veränderte, nemlich kreisförmige[149]: denn sonne und mond bewegen sich im kreise um die erde, und zwar in verschiedenen entfernungen, wie dies die sonnenfinsternisse beweisen, bei denen der mond die sonne uns zu verdecken vermag.[150] die kometen sollen durch das zusammentreten mehrerer einzelner sterne entstehen, die dann in ihrer vereinigung das bild eines längern sternes darbieten.[151]

Obige physikalische einzelheiten sind nach ihrer glaubwürdigkeit äuszerlich nur wenig gesichert, sofern sie meist sich auf das unsichere zeugnis des Stobäos stützen. da sie übrigens zum groszen teil anschauungen enthalten, welche zu Zenons zeiten geläufig waren, mit besser beglaubigten lehrstücken unseres philosophen recht wol harmonieren und dieser in der schrift περὶ τοῦ ὅλου jedenfalls jene gegenstände behandelt haben musz, so liegt kein triftiger grund vor zu bezweifeln, dasz die angaben des Stobäos ihrem inhalte nach zuletzt auf das genannte werk zurückgehen.

Was für ansichten Zenon über die organische natur hatte und ob er sich überhaupt mit derselben genauer beschäftigte, bleibt uns unbekannt; so viel wir wissen, wandte er ein lebhafteres interesse nur ihrer höchsten stufe, dem menschen, zu. über seine anthropologie, insbesondere die psychologie, sind mancherlei nachrichten erhalten.

Das eigentümlichste und folgenreichste ist hier wiederum der durchgeführte materialismus. die s e e l e des menschen soll etwas

---

ἀβαρῶν, τὴν δ' ὅλην γῆν καθ' ἑαυτὴν μὲν ἔχειν ἀρέϲκει βάροϲ, παρὰ δὲ τὴν θέϲιν διὰ τὸ τὴν μέϲην ἔχειν χώραν (πρὸϲ δὲ τὸ μέϲον εἶναι τὴν φορὰν τοῖϲ τοιούτοιϲ ϲώμαϲιν) ἐπὶ τοῦ τόπου τούτου μένειν.

[147] Stobäos ekl. I 500 Παρμενίδηϲ, Ἡράκλειτοϲ, Ϲτράτων, Ζήνων πύρινον εἶναι τὸν οὐρανόν. [148] Stobäos ekl. I 554 Ζήνων τὴν ϲελήνην ἔφηϲεν ἄϲτρον νοερὸν καὶ φρόνιμον, πύρινον δὲ πυρὸϲ τεχνικοῦ.

[149] Stobäos ekl. I 356 Ζήνων ἔφαϲκε τὸ πῦρ κατ' εὐθεῖαν κινεῖϲθαι. vgl. I 346: die stoiker lehren: καὶ τὸ μὲν περίγειον φῶϲ κατ' εὐθεῖαν, τὸ δ' αἰθέριον περιφερῶϲ κινεῖται. [150] Stobäos ekl. I 538: Zenon unterschied richtig die doppelte bewegung der sonne und des mondes und die verschiedenen mondphasen bei der sonnen- und mondfinsternis. vgl. noch besonders oben anm. 25. [151] Seneca *nat. quaest.* VII 19, 1 *Zenon noster in illa sententia est: congruere iudicat stellas et radios inter se committere. hac societate luminis exsistere imaginem stellae longioris.*

körperliches sein, nemlich ein luftartiger warmer hauch [152], was man, wie Zenon meint, deutlich beim tode wahrnimt, wo ja die seele aus dem leibe entweicht. [153] wie Zenon aus dem tode, so schlosz Kleanthes (vielleicht nach Zenons vorgang) aus der entstehung des menschen auf die körperlichkeit der seele. die ähnlichkeit zwischen eltern und kindern, die sich nicht blosz auf den leib, sondern auch auf die seele erstreckt, setzt nach seiner ansicht mit notwendigkeit voraus, dasz die seele körperlich ist: denn von ähnlichkeit und unähnlichkeit könne doch nur bei körpern die rede sein. [154]

Die menschliche seele besteht aus demselben elemente wie die gestirne, dem feuer [155], und wie die himmelskörper ihre nahrung von den dünsten der erde erhalten sollen, so nährt sich die seele von der ausdünstung des blutes. [156] wegen des engen zusammenhanges mit dem blute konnte Zenon die seele auch einen mit dem leibe verwachsenen hauch nennen. [157] dasz sie ein durch ihre verbindung mit den sinnesorganen mit wahrnehmung begabtes aufdampfen des blutes oder der feuchtigkeiten im körper überhaupt sei, wird wiederholt als ansicht Zenons überliefert (von Boëthos [158], pseudo-Plutarch [159], Longinos [160]). der eigentliche sitz der seele ist das herz [161], von welchem aus sich ihre teile durch den ganzen körper erstrecken. so ist die stimme nichts anderes als der tönende teil der seele, der von dem seelischen centrum (dem ἡγεμονικόν) sich bis zum schlunde

[152] Diog. VII 157 Ζήνων δ' ὁ Κιτιεὺς καὶ 'Αντίπατρος ἐν τοῖς περὶ ψυχῆς καὶ Ποσειδώνιος πνεῦμα ἔνθερμον εἶναι τὴν ψυχήν· τούτῳ γὰρ ἡμᾶς εἶναι ἐμπνόους καὶ ὑπὸ τούτου κινεῖσθαι. [153] Tertullian *de anima* c. 5: Zenon behauptete: *quo digresso animal moritur, corpus est: consito autem spiritu digresso animal emoritur: ergo consitus spiritus corpus est, consitus autem spiritus anima est, ergo corpus est anima.* [154] Nemesios de natura hom. 32 (Κλεάνθης·) οὐ μόνον ὅμοιοι τοῖς γονεῦσι γινόμεθα κατὰ τὸ σῶμα, ἀλλὰ καὶ κατὰ τὴν ψυχήν, τοῖς πάθεσι, τοῖς ἤθεσι, ταῖς διαθέσεσι. σώματος δὲ τὸ ὅμοιον καὶ ἀνόμοιον, οὐχὶ δὲ ἀσωμάτου· σῶμα ἄρα ἡ ψυχή. [155] Cic. *Tusc.* I 9, 19 *Zenoni stoico animus ignis videtur.*
[156] Galenos de Hippocr. et Plat. II 8 s. 282 f.: nach Zenon, Kleanthes, Chrysippos und Diogenes nähre sich die seele von der ausdünstung des blutes eben so wie die gestirne von den dünsten der erde (Zeller ao. III 1 s. 181, 2). [157] Macrobius *comm. in somnium Sc.* I 14 *Zenon (dixit animam) concretum corpori spiritum.* [158] bei Eusebios praep. ev. XV 20, 2 Κλεάνθης . . φησὶν ὅτι Ζήνων τὴν ψυχὴν λέγει αἴσθησιν ἢ (wol αἰσθητικὴν zu lesen, wie unten und in der folgenden stelle) ἀναθυμίασιν, καθάπερ Ἡράκλειτος . . . αἰσθητικὴν δὲ αὐτὴν εἶναι διὰ τοῦτο λέγει, ὅτι τυποῦσθαί τε δύναται τὸ μέρος τὸ ἡγούμενον αὐτῆς ἀπὸ τῶν ὄντων καὶ ὑπαρχόντων διὰ τῶν αἰσθητηρίων καὶ παραδέχεσθαι τὰς τυπώσεις. ταῦτα γὰρ ἴδια ψυχῆς ἐστί. [159] vita Homeri c. 127 αὐτὴν δὲ τὴν ψυχὴν οἱ στωικοὶ ὁρίζονται πνεῦμα συμφυὲς καὶ ἀναθυμίασιν αἰσθητικὴν ἀναπτομένην ἀπὸ τῶν ἐν σώματι ὑγρῶν. [160] bei Eusebios praep. ev. XV 21, 3 Ζήνωνι μὲν γὰρ καὶ Κλεάνθει νεμεσήσειέ τις ἂν δικαίως οὕτω σφόδρα ὑβριστικῶς περὶ αὐτῆς διαλεχθεῖσι καὶ ταὐτὸν ἄμφω τοῦ στερεοῦ σώματος εἶναι τὴν ψυχὴν ἀναθυμίασιν φήσασι. [161] Tertullian *de anima* c. 15 am ende berichtet dies als die ansicht von Zenon, Chrysippos, Diogenes, Apollodoros (nach Zeller ao. III 1 s. 182, 1).

und zur zunge ausdehnt[162]; die gehkraft ist (nach Kleanthes, aber gewis in Zenons sinne) derjenige hauch, welchen die seele bis zu den füezen sendet.[163] in besonders innigem verhältnisse steht die seele zu den genitalien. der männliche same ist nemlich (so lehrt Zenon) nichts geringeres als ein gemisch von sämtlichen seelenkräften[164], das, wenn es von seinem ursprungsort fortgerissen in den mutterschosz gelangt, dort verborgen sich nährt von den feuchtigkeiten des weiblichen körpers. so vereinigt das entstehende kind naturgemäsz die geisteseigenschaften beider eltern in seiner seele.

Die zahl der **hauptteile der seele** wurde von den stoikern verschieden bestimmt, meist auf acht; dies sind auszer dem seelencentrum, dem regierenden teile (ἡγεμονικόν), die fünf sinne, das zeugungs- und das sprachvermögen. Zenon aber nahm nach Tertullian nur drei teile an.[165] er wird daher die fünf sinne nicht als ebenso viele besondere seelenteile gerechnet, sondern, wie es durch die bezeichnung der seele als αἰcθητικὴ ἀναθυμίαcιc wahrscheinlich wird, die gesamte sinnliche wahrnehmung in das ἡγεμονικόν selbst verlegt[166] und die einzelnen sinnesorgane als körperteile betrachtet haben. dann würden die drei von ihm angenommenen teile der seele das ἡγεμονικόν, das φωνᾶεν und das cπερματικόν sein.[167] als gleichwertig dürfen sie natürlich nicht betrachtet werden: denn im grunde ist doch das ἡγεμονικόν die eigentliche, einheitliche seelenkraft, weshalb auch die unvernünftigen seelenbewegungen, die leidenschaften, nicht einem besondern, von dem vernünftigen verschiedenen teile der seele angehören, sondern insgesamt aus dem

---

[162] Plutarch plac. phil. IV 21, 4 τὸ δὲ φωνᾶεν ὑπὸ τοῦ Ζήνωνος εἰρημένον (sc. μέρος τῆς ψυχῆς), ὃ καὶ φωνὴν καλοῦcιν, ἔcτι πνεῦμα διατεῖνον ἀπὸ τοῦ ἡγεμονικοῦ μέχρι φάρυγγος καὶ γλώττης καὶ τῶν οἰκείων ὀργάνων. [163] Seneca *epist.* 118, 23 *inter Cleanthen et discipulum eius Chrysippum non convenit, quid sit ambulatio. Cleanthes ait spiritum esse a principali usque in pedes permissum, Chrysippus ipsum principale.* [164] Eusebios praep. ev. XV 20, 1 τὸ δὲ cπέρμα φηcὶν ὁ Ζήνων εἶναι ὃ μεθίηcιν ἄνθρωπος πνεῦμα μεθ' ὑγροῦ, ψυχῆς μέρος καὶ ἀπόcπαcμα, καὶ τοῦ cπέρματος τοῦ τῶν προγόνων κέραcμα καὶ μίγμα τῶν τῆς ψυχῆς μερῶν cυνεληλυθόc· ἔχον γὰρ τοὺς λόγους τῷ ὅλῳ τοὺς αὐτοὺς τοῦτο, ὅταν ἀφεθῇ εἰς τὴν μήτραν, cυλληφθὲν ὑπ' ἄλλου πνεύματος, μέρος ψυχῆς τῆς τοῦ θήλεος καὶ cυμφυὲς γενόμενον, κρυφθέν τε φύει κινούμενον καὶ ἀναρριπιζόμενον ὑπ' ἐκείνου, προσλαμβάνον ἀεὶ εἰς τὸ ὑγρὸν καὶ αὐξάνον ἐξ ἑαυτοῦ. vgl. Plutarch de cohib. ira 15 καίτοι, καθάπερ ὁ Ζήνων ἔλεγε, τὸ cπέρμα cύμμιγμα καὶ κέραcμα τῶν τῆς ψυχῆς δυνάμεων ὑπάρχειν ἀπεcπαcμένον, οὕτως ἔοικε τῶν παθῶν πανcπερμία τις ὁ θυμὸς εἶναι. ferner dess. plac. phil. V 4, 1 Λεύκιππος καὶ Ζήνων, cῶμα (sc. τὸ cπέρμα)· ψυχῆς γὰρ εἶναι ἀπόcπαcμα. [165] *de anima* c. 14 *dividitur anima in partes nunc in duas a Platone, nunc tres a Zenone, nunc in quinque et in sex a Panaetio et in septem a Sorano, nunc in octo penes Chrysippum, etiam in novem |penes Apollophanem, sed et in decem apud quosdam stoicorum et in duas amplius apud Posidonium.* [166] Plutarch plac. phil. 23, 1 οἱ cτωικοὶ τὰ μὲν πάθη ἐν τοῖc μὲν πεπονθόcι τόποις, τὰc δ' αἰcθήcειc ἐν τῷ ἡγεμονικῷ. [167] Weygoldt ao. s. 36 hält die achtteilung für altstoisch und Zenonisch.

seelencentrum stammen.[168] so lehrten nach Plutarchs bericht[169] übereinstimmend Zenon, Ariston und Chrysippos, und wir können bei einem philosophen, der trotz der übel in der welt ihre harmonische einheit behauptete, es nur natürlich finden, wenn ihn der zwiespalt zwischen vernunft und leidenschaft in der menschlichen seele ebenso wenig hinderte auch hier die einheit streng festzuhalten.

Die wesensähnlichkeit der menschlichen seele mit der gottheit, welche Kleanthes in seinem hymnos so hervorhebt[170], ist eine unabweisbare consequenz der psychologie Zenons; aber war damit auch die unsterblichkeit gefordert? im strengsten sinne auf keinen fall: denn länger als das grosze weltenjahr kann die seele nicht dauern. wenn nun Zenon nach Lactantius[171] von den herlichen wohnsitzen der seligen und dem schrecklichen aufenthalt der verdammten redete, so mag er sich immerhin im einzelnen den herschenden volksvorstellungen anbequemt haben; allein ein fortleben sowol der gerechten als auch der gottlosen musz er dann doch zum wenigsten angenommen haben, wie wir dies auch von Kleanthes, der in diesem puncte mit Chrysippos nicht übereinstimmte, bestimmt wissen.[172]

Von anthropologischen einzelheiten ist noch zu erwähnen eine notiz Ciceros[173], wonach Zenon sich den schlaf als ein erschlaffen und insichversinken der seele vorstellte. genauer sagt Diogenes[174], nach stoischer ansicht (Zenon nennt er nicht besonders) trete der schlaf ein durch ermattung der wahrnehmenden spannung des herschenden seelenteiles, und Iamblichos[175] erwähnt eine ansicht (offenbar stoischen ursprungs), nach welcher der tod genau derselbe vorgang wäre. wie viel davon wirklich auf Zenon zurückgeht, lassen wir unentschieden.

Diejenigen psychologischen anschauungen, welche sich auf das erkenntnisvermögen beziehen, wurden bisher absichtlich übergangen,

---

[168] Diog. VII 52 αἴcθηcιc δὲ λέγεται κατὰ τοὺc cτωικοὺc τὸ ἀφ' ἡγεμονικοῦ πνεῦμα ἐπὶ τὰc αἰcθήcειc διῆκον (vielleicht eine definition Zenons). [169] virt. moral. c. 3 κοινῶc δὲ ἅπαντεc οὗτοι (gemeint sind Zenon, Ariston und Chrysippos) τὴν ἀρετὴν τοῦ ἡγεμονικοῦ τῆc ψυχῆc διάθεcίν τινα καὶ δύναμιν . . ὑποτίθενται, καὶ νομίζουcιν οὐκ εἶναι τὸ παθητικὸν καὶ ἄλογον διαφορᾷ τινὶ καὶ φύcει ψυχῆc τοῦ λογικοῦ διακεκριμένον, ἀλλὰ τὸ αὐτὸ τῆc ψυχῆc μέροc, ὃ δὴ καλοῦcι διάνοιαν καὶ ἡγεμονικόν. [170] v. 4 f. (Stobäos ekl. I 30) ἐκ coῦ γὰρ γένοc ἐcμὲν ἧc μίμημα λαχόντεc | μοῦνοι, ὄcα ζώει τε καὶ ἔρπει θνήτ' ἐπὶ γαῖαν. [171] instit. VII 7 g. e. *esse inferos Zeno stoicus docuit et sedes piorum ab impiis esse discretas et illos quidem quietas ac delectabiles incolere regiones, hos vero luere poenas in tenebrosis locis atque in caeni voraginibus horrendis.* [172] Diog. VII 157 Κλεάνθηc μὲν οὖν πάcαc (sc. τὰc ψυχὰc) ἐπιδιαμένειν μέχρι τῆc ἐκπυρώcεωc, Χρύcιπποc δὲ τὰc τῶν cοφῶν μόνον. [173] *de divin.* II 58, 119 *contrahi autem animum Zeno et quasi labi putat atque concidere et ipsum esse dormire.* [174] VII 158 τὸν δὲ ὕπνον γίνεcθαι ἐκλυομένου τοῦ αἰcθητικοῦ τόνου περὶ τὸ ἡγεμονικόν.

[175] Stobäos ekl. I 922 (aus Iamblichos περὶ ψυχῆc) erwähnt als eine ansicht über den tod auch die, er trete ein ἐκλυομένου τοῦ τόνου καὶ παριεμένου.

da sie von den stoikern nicht in der physik, sondern in der logik behandelt wurden. zu dieser gehen wir jetzt über.

Zenons logik.

Auf keinem felde der gesamten philosophie entwickelte Chrysippos eine fruchtbarere thätigkeit als auf dem der logik — nach Diogenes VII 198 schrieb er 311 logische schriften — die seinem dialektischen sinne ganz besonders zusagte; gerade hier wird daher der ursprüngliche stoicismus ein wesentlich anderes ansehen gehabt haben als der spätere, und besonders in der logik wird es gewesen sein, wo Chrysippos in den meisten puncten von Zenon abwich[176] und deshalb veranlassung nahm verschiedene schriften an den meister der schule zu richten. wenigstens sind die sieben werke des Chrysippos, welche Diogenes als an Zenon gerichtet namhaft macht (s. oben anm. 32), sämtlich logischen inhalts. zwei von denselben ('über die benennungen in der dialektik' und 'über die billigung der dialektik bei den alten') behandeln mehr die dialektik im allgemeinen, die übrigen fünf betreffen ein einzelnes capitel der logik, die lehre von den schlüssen und schluszfiguren. die zuerst genannte schrift könnte sich auf Zenons buch περὶ λέξεων beziehen, dasjenige buch welches wol hauptsächlich den von Cicero so oft wiederholten vorwurf begründet hat, Zenon habe blosz neue unnötige worte für bekannte dinge, aber keine originelle ansichten aufgebracht, er sei nur in seinen benennungen selbständig, dagegen ganz unselbständig in seinen gedanken[177] — ein vorwurf gegen welchen schon Chrysippos den Zenon in einer schrift unter dem titel περὶ τοῦ κυρίως κεχρῆϲθαι Ζήνωνα τοῖϲ ὀνόμαϲιν nach der einen seite hin rechtfertigte (Diog. VII 122). die von Diogenes überlieferten büchertitel λύϲειϲ, ἔλεγχοι δύο und καθολικά beweisen Zenons beschäftigung mit der lehre von den begriffen und von den schlüssen, und die schrift περὶ ὄψεωϲ mag ihren gegenstand von der seite der erkenntnistheorie beleuchtet haben. jedenfalls sind die erwähnten teile der logik von Zenon hauptsächlich bearbeitet worden, wenn wir nach unseren dürftigen nachrichten uns ein urteil gestatten dürfen.

Welche stellung Zenon der logik unter den philosophischen disciplinen anwies, wurde bereits besprochen (s. 13). was er alles zu derselben rechnete und wie weit die später übliche einteilung sein werk ist, ist nicht mehr zu bestimmen. wir wissen nur, dasz er rhetorik und dialektik von einander schied und deren verschiedenheit wesentlich in der ungleichen behandlungsweise des stoffes fand. die rhetorik mit ihrer breiten darstellung pflegte er der flachen hand, die dialektik mit ihrer wuchtigen kraft und kürze der geballten faust

---

[176] Diog. VII 179 ὥϲτε ἐν τοῖϲ πλείϲτοιϲ διηνέχθη πρὸϲ Ζήνωνα.
[177] Cic. *de fin.* III 2, 5 *quamquam ex omnibus philosophis stoici plurima novaverunt Zenoque eorum princeps non tam rerum inventor fuit quam verborum novorum.* ähnlich *Tusc.* V 11, 32. 12, 34 uö.

zu vergleichen. [178] mit jener, für die er seinem ganzen wesen und
seinem schwerfälligen stile nach praktisch unzweifelhaft wenig ge-
eignet war, scheint er sich nicht einmal theoretisch weiter beschäftigt zu haben, wogegen er neben der eigentlichen dialektik, welche
bei ihm schon weniger eingehend behandelt wurde als bei früheren
philosophen [179], der erkenntnistheorie groszen eifer zuwandte.
zu dem zwecke die zuverlässigkeit des materials, mit dem die dialektik arbeitet, festzustellen konnte er einer prüfung· des ursprungs
der elemente menschlicher erkenntnis nicht wol aus dem wege gehen.

Er gelangte dabei zu folgenden ergebnissen. das ursprüng-
lichste und einfachste element aller menschlichen erkenntnis ist die
vorstellung, φαντασία, dh. der eindruck welchen das vorge-
stellte auf die seele macht. [180] obwol Diogenes an der betreffenden
stelle den Zenon als urheber dieser erklärung nicht nennt, so ist
doch ihre echtheit keinem zweifel unterworfen: denn sie wird durch
die abweichenden auslegungen bei Zenons nachfolgern hinreichend
bewiesen. Kleanthes verstand nemlich den ausdruck τύπωσις anders
als Chrysippos. jener dachte sich unter den 'eindrücken' der seele
echt materialistisch vertiefungen und erhöhungen im buchstäblichen
sinne, dieser faszt das wort eindruck als einen bildlichen ausdruck
gleichbedeutend mit veränderung. [181] auch diesmal spricht die grö-
szere wahrscheinlichkeit dafür, dasz Kleanthes die lehre seines meisters treuer festhielt als Chrysippos, der gegen die consequenzen
einer so crassen auffassung seine bedenken haben mochte. hat es
aber mit dem Zenonischen ursprung der obigen definition und ihrer
authentischen interpretation durch Kleanthes seine richtigkeit, so

---

[178] Sextos c. math. II 7 Ζήνων ὁ Κιτιεὺς ἐρωτηθεὶς ὅτῳ διαφέρει
διαλεκτικὴ ῥητορικῆς, cυcτρέψαc τὴν χεῖρα καὶ πάλιν ἐξαπλώcαc ἔφη
«τούτῳ», κατὰ μὲν τὴν cυcτροφὴν τὸ cτρογγύλον καὶ βραχὺ τῆς δια-
λεκτικῆc τάττων ἰδίωμα, διὰ δὲ τῆc ἐξαπλώcεωc καὶ ἐκτάcεωc τῶν δακ-
τύλων τὸ πλατὺ τῆc ῥητορικῆc δυνάμεωc αἰνιττόμενος. Cic. de fin. II
6, 17 *Zenonis est, inquam, hoc stoici: omnem vim loquendi, ut iam ante Aristoteles, in duas tributam esse partes, rhetoricam palmae, dialecticam pugni
similem esse dicebat, quod latius loquerentur rhetores, dialectici autem com-
pressius.* Cic. orat. 32, 113 *Zeno quidem ille, a quo disciplina stoicorum
est, manu demonstrare solebat, quid inter has artes interesset. nam cum
compresserat digitos pugnumque fecerat, dialecticam aiebat eius modi esse,
cum autem diduxerat et manum dilataverat, palmae illius similem eloquentiam
esse dicebat.* [179] Cic. de fin. IV 4, 9 *de quibus (sc. eis quae dialectici
nunc tradunt et docent) etsi a Chrysippo maxime est elaboratum, tamen a
Zenone minus multo quam ab antiquis, ab hoc autem quaedam non melius
quam veteres, quaedam omnino relicta.* [180] Diog. VII 45 τὴν δὲ φαν-
ταcίαν εἶναι τύπωcιν ἐν ψυχῇ, τοῦ ὀνόματος οἰκείωc μετενηνεγμένου
ἀπὸ τῶν τύπων τῶν ἐν τῷ κηρῷ ὑπὸ τοῦ δακτυλίου γινομένων.

[181] Sextos c. math. VII 228 ff. (vgl. Diog. VII 50) φανταcία οὖν ἐcτὶ
κατ' αὐτοὺc (sc. τοὺc cτωικοὺc) τύπωcιc ἐν ψυχῇ. περὶ ἧc εὐθὺc καὶ
διέcτηcαν· Κλεάνθηc μὲν γὰρ ἤκουcε τὴν τύπωcιν κατὰ εἰcοχήν τε καὶ
ἐξοχήν, ὥcπερ καὶ διὰ τῶν δακτυλίων γινομένην τοῦ κηροῦ τύπωcιν,
Χρύcιπποc δὲ ἄτοπον ἡγεῖτο τὸ τοιοῦτο . . . αὐτὸc οὖν (ὁ Χρύcιπποc)
τὴν τύπωcιν εἰρῆcθαι ὑπὸ τοῦ Ζήνωνοc ὑπενόει ἀντὶ τῆc ἑτεροιώcεωc,
ὥcτ' εἶναι τοιοῦτον τὸν λόγον «φανταcία ἐcτὶν ἑτεροίωcιc ψυχῆc».

gewinnt die nachricht, Zenon habe einige sinneswahrnehmungen
für falsch, andere für zuverlässig gehalten [162], an glaubwürdigkeit.
in der that können nach dem grundsatze, dasz nur das körperliche
einer wirkung fähig ist, allein die von wirklichen körperlichen ge-
genständen ausgehenden sinneswahrnehmungen eindrücke in der
seele bewirken und als echte vorstellungen gelten; alle übrigen
wahrnehmungsgebilde müssen bloszer schein sein, φαντάϲματα,
φανταϲτικά, wie man später sagte.

Erwächst aus den aufgenommenen vorstellungen ein allen an-
griffen der vernunft standhaltender dauernder besitz, so haben wir die
wissenschaft (ἐπιϲτήμη). so sagte Herillos [163], ein unmittelbarer schüler Zenons, so lehrten die stoiker später überhaupt, berichtet Diogenes [164], oder doch einige von ihnen, wie Stobäos (dh.
Areios Didymos) [165] angibt.

Wenn wir hier ohne frage die definition des Herillos als von
seinem lehrer herrührend ansehen dürfen, so läszt sich mit fast noch
gröszerer sicherheit die zurückführung der Platonischen ideen auf
subjective gedanken (ἐννοήματα) demselben zuschreiben. [166] über
die ideen Platons hatte schon Antisthenes sehr wegwerfend geäuszert, sie seien leere einbildungen [167], Kleanthes erklärte dieselben
für subjective gedanken [168], und so wird Stobäos glaubwürdig mit
der angabe, dasz nach Zenon die ἐννοήματα als phantasmen der
seele genau dasselbe wären was die ‘alten’ philosophen ideen genannt hätten [169], weil nemlich jene dieselben gegenstände wie diese
unter sich befaszten.

Cicero weisz von einer von Zenon gebrauchten symbolischen

---

[162] Cic. *de nat. deor.* I 25, 70 *urguebat Arcesilas Zenonem, cum ipse
falsa omnia diceret quae sensibus viderentur, Zeno autem non nulla visa esse
falsa, non omnia.* Sextos c. math. VIII 355 Δημόκριτος μὲν πᾶϲαν αἰϲθη-
τὴν ὕπαρξιν κεκίνηκεν, Ἐπίκουρος δὲ πᾶν αἰϲθητὸν ἔλεξε βέβαιον εἶναι,
ὁ δὲ ϲτωϊκὸς Ζήνων διαιρέϲει ἐχρήϲατο. [163] Diog. VII 165: Herillos
lehrte, εἶναι τὴν ἐπιϲτήμην ἕξιν ἐν φανταϲιῶν προϲδέξει ἀμετάπτωτον ὑπὸ λόγου. [164] Diog. VII 47 αὐτήν τε τὴν ἐπιϲτήμην φαϲὶν
ἢ κατάληψιν ἀϲφαλῆ ἢ ἕξιν ἐν φανταϲιῶν προϲδέξει ἀμετάπτωτον ὑπὸ
λόγου. [165] Stobäos ekl. II 128 εἶναι δὲ τὴν ἐπιϲτήμην κατάληψιν
ἀϲφαλῆ καὶ ἀμετάπτωτον ὑπὸ λόγου· ἑτέραν δὲ ἐπιϲτήμην ϲύϲτημα ἐξ
ἐπιϲτημῶν τοιούτων, οἷον ἡ τῶν κατὰ μέρος λογικὴ ἐν τῷ ϲπουδαίῳ
ὑπάρχουϲα· ἄλλην δὲ ϲύϲτημα ἐξ ἐπιϲτημῶν τεχνικῶν ἐξ αὐτοῦ ἔχον τὸ
βέβαιον, ὡϲ ἔχουϲιν αἱ ἀρεταί· ἄλλην δὲ ἕξιν φανταϲιῶν δεκτικὴν
ἀμετάπτωτον ὑπὸ λόγου, ἥν τινά φαϲιν ἐν τόνῳ καὶ δυνάμει κεῖϲθαι.
[166] Eusebios praep. ev. XV 45, 4 οἱ ἀπὸ Ζήνωνος ϲτωϊκοὶ ἐννοήματα ἡμέτερα τὰϲ ἰδέας. [167] nach Ammonios in Porphyrios isagoge 22ᵇ
(vgl. Ueberweg grundrisz I³ s. 97). [168] Syrianos zu Aristot. met. XII 2
(vgl. Petersen philos. Chrysippeae fund. s. 80): Kleanthes glaubte, die
ideen bei Platon seien nichts anderes als gedanken (νοήματα). [169] Stobäos ekl. I 332 Ζήνωνος· τὰ ἐννοήματα φηϲὶ μήτε τινὰ εἶναι μήτε
ποιά, ὡϲανεὶ δὲ τινὰ καὶ ὡϲανεὶ ποιὰ φαντάϲματα ψυχῆϲ· ταῦτα δὲ ὑπὸ
τῶν ἀρχαίων ἰδέας προϲαγορεύεϲθαι. τῶν γὰρ κατὰ τὰ ἐννοήματα
ὑποπιπτόντων εἶναι τὰϲ ἰδέας, οἷον ἀνθρώπων, ἵππων, κοινότερον εἰπεῖν
πάντων τῶν ζῴων καὶ τῶν ἄλλων ὁπόϲων λέγουϲιν ἰδέας εἶναι.

bezeichnung der verschiedenen erkenntnisstufen, die mit den bereits
erwähnten einzelheiten harmoniert und in ihrer form ein echt Zenonisches gepräge trägt. ihre echtheit läszt sich um so weniger bean-
standen, als die in ihr neben den schon anderweitig als Zenons eigentum gesicherten erkenntnisstufen (φαντασία und ἐπιστήμη) auftre-
tenden zwischenglieder fortan zu den hauptpuncten der stoischen
erkenntnistheorie gehören und es doch seltsam wäre, wenn Zenon
mit überspringung unentbehrlicher mittelglieder nur anfang und
ende betrachtet hätte. durch verschiedene handbewegungen [190] gab
nun Zenon dem gedanken ausdruck, dasz die festigkeit der überzeugung und die zuverlässigkeit der erkenntnis mit jeder höheren
stufe zunehme. als solche stufen machte er in aufsteigender linie folgende namhaft: die vorstellung (φαντασία), welche er mit den
ausgestreckten fingern der flachen hand bezeichnete, den beifall
(cγκατάθεcιc ist der stoische ausdruck), welcher durch die gekrümmten finger dargestellt wurde, den begriff (κατάληψιc)
mit dem sinnbilde der geballten faust, und die wissenschaft
(ἐπιστήμη), veranschaulicht durch die von der linken hand fest
umschlossene zur faust geballte rechte. wie bei ausgestreckten
fingern die muskelkraft der hand sich rein passiv verhält, so ist die
vorstellung ein bloszer eindruck auf die seele ohne active beteiligung
der seelenkraft oder geistigen spannung (des τόνοc, um mit Kleanthes zu reden). wie durch anziehen der muskeln sich zunächst die
finger der hand krümmen, so ist es die erste selbstthätigkeit der seele,
der empfangenen vorstellung ihren beifall zu schenken. noch ein
wenig kraftanstrengung mehr, und es entsteht, gleichwie die bereits
gekrümmten finger sich zur geschlossenen faust ballen, als das zuerst
von der seele wahrhaft fest ergriffene der begriff. wenn die geballte
faust nur noch durch ihresgleichen, durch die andere hand, ver-
stärkt werden kann, so kann aus dem begriff nur dadurch die wissenschaft werden, dasz gleichartige begriffe zu ihm hinzutreten und
sich aufs innigste zu einem unzertrennbaren ganzen mit ihm verbinden.

An einer andern stelle [191] gibt Cicero dh. Antiochos (s. anm. 43)
über Zenons erkenntnislehre genaueres. die beistimmung, heiszt es

---

[190] Cic. acad. II 47, 145 ·(Zeno) *cum extensis digitis adversam manum
ostenderat, visum, inquiebat, huius modi est. dein cum paulum digitos
contraxerat, adsensus huius modi. tum cum plane compresserat pugnumque fecerat, comprehensionem illam esse dicebat, qua ex similitudine
etiam nomen ei rei, quod ante non fuerat, κατάληψιν imposuit. cum autem
laevam manum admoverat et illum pugnum arte vehementerque compresserat,
scientiam talem esse dicebat, cuius compotem nisi sapientem esse neminem.*
[191] *acad. I 11, 40 plurima autem in illa tertia philosophiae parte mutavit:
in qua primum de sensibus ipsis quaedam dixit nova, quos iunctos esse censuit e quadam quasi impulsione oblata extrinsecus, quam ille* φαντασίαν,
*nos visum appellemus licet . . . sed ad haec, quae visa sunt et quasi accepta
sensibus, adsensionem adiungit animorum, quam esse vult in nobis positam
et voluntariam.*

hier, sei eine willkürliche thätigkeit der seele. von den vorstellungen seien nur diejenigen zuverlässig, welche eine eigentümliche offenbarung des erscheinenden gegenstandes enthalten; diese würden daher an und für sich καταληπτά und, sobald sie angenommen und gebilligt, also von der seele gleichwie mit der hand ergriffen seien, καταλήψεις genannt.[192] das erfassen selbst, mittels des sinnes stattfindend, heisze auch sinn (αἴϲθηϲιϲ). die wissenschaft sei der inbegriff des mit solcher festigkeit erfaszten, dasz es durch die vernunft nicht erschüttert werden könne (vgl. oben s. 48), ihr gegenteil die unwissenheit, die quelle der unzuverlässigen, falsches und unerkanntes beimischenden meinung.[193] die κατάληψις soll zwischen wissenschaft und unwissenheit mitten inne stehen, weder gut noch schlecht sein, aber einzig und allein glauben verdienen. ebenso sind die sinne deswegen unbedingt glaubwürdig, weil jedes durch die sinne bewirkte begreifen wahr und zuverlässig ist. erfaszt auch die κατάληψις nicht alles was der begriff enthält, so läszt sie doch ebenso wenig irgend etwas, was sie aufzunehmen vermag, fort, sie bildet daher die von der natur selbst gegebene norm und den anfang des wissens, aus dem sich die allgemeinen begriffe entwickeln.[191]

Verweilen wir einen augenblick bei dem, was diese freilich aus unzuverlässiger quelle stammende mitteilung neues beibrachte. wenn hier zunächst die beistimmung in den freien willen des menschen gestellt wird, so blieb diese ansicht bis auf Epiktetos herunter dogma der schule. nur musz man den freien willen richtig verstehen in dem beschränkten sinne, wie ihn der stoische determinismus (s. oben s. 40) zuläszt. er besteht hier nur in der freiheit von äuszerem zwang und der möglichkeit dem innersten wesen des geistes unbeschränkten ausdruck zu geben. aber das wesen des menschlichen geistes selbst, die eigenart der einzelnen menschenseele samt allen ihren äuszerungen ist mit notwendigkeit bestimmt

---

[192] Cic. *acad.* I 11, 41 *visis non omnibus adiungebat fidem, sed iis solum, quae propriam quandam haberent declarationem earum rerum, quae viderentur: id autem visum, cum ipsum per se cerneretur, comprehendibile* (καταληπτόν). *sed cum acceptum iam et approbatum esset, comprehensionem appellabat, similem iis rebus, quae manu prenderentur: ex quo etiam nomen hoc duxerat, cum eo verbo antea nemo tali in re usus esset: plurimisque idem novis verbis — nova enim dicebat — usus est.* [193] Cic. *acad.* I 11, 41 *quod autem erat sensu comprehensum, id ipsum sensum appellabat, et si ita erat comprehensum, ut convelli ratione non posset, scientiam, sin aliter, inscientiam nominabat, ex qua exsisteret etiam opinio, quae esset imbecilla et cum falso incognitoque communis.* [194] Cic. *acad.* I 11, 42 *sed inter scientiam et inscientiam comprehensionem illam, quam dixi, collocabat, eamque neque in rectis neque in pravis numerabat, sed soli credendum esse dicebat. e quo sensibus etiam fidem tribuebat, quod, ut supra dixi, comprehensio facta sensibus et vera esse illi et fidelis videbatur, non quod omnia quae essent in re comprehenderet, sed quia nihil quod cadere in eam posset relinqueret quodque natura quasi normam scientiae et principium sui dedisset, unde postea notiones rerum in animis imprimerentur, e quibus non principia solum, sed latiores quaedam ad rationem inveniendam viae aperirentur.*

durch die allgemeine weltseele oder göttliche vernunft, von welcher die menschliche nur ein teil ist. der mensch ist demnach in seiner überzeugung nicht mehr und nicht minder frei als in seinem handeln. wenn nun die vorstellung ein vorgang sein sollte, dem die seele sich willenlos hingeben musz, so stellt sich allerdings die notwendigkeit heraus, auf irgend einer erkenntnisstufe einen im obigen sinne willkürlichen seelenact anzunehmen, wofern der unterschied zwischen den subjectiven befähigungen der einzelnen menschen zur erkenntnis anerkannt und die so streng behauptete scheidung zwischen weisen und thoren aufrecht erhalten werden sollte. freilich kam dadurch in die ganze erkenntnistheorie ein so unlösbarer widerspruch, dasz nicht einmal ein Chrysippos mit all seinen distinctionen ihn fortschaffen konnte. denn wenn es nun dem sensualistischen grundcharakter der stoischen logik entsprechend weiter heiszt, die φαντασία καταληπτική nötige die seele durch ihre greifbare objectivität zur anerkennung ihrer unumstöszlichen wahrheit, wo bleibt da die willkürlichkeit der beistimmung sogar für den weisen möglich? sie könnte doch am ende nur darin bestehen, dasz der weise den vorstellungen, die nicht kataleptisch sind, den phantasmen, seinen beifall versagt, während der thor sie unbesehen auf treu und glauben gleich den zuverlässigen hinnehme; dem schlechthin überzeugenden der objectiven vorstellungen gegenüber könnte dagegen von willkür in keiner weise die rede sein. weiter soll das mit dem *sensus* (offenbar die lateinische übersetzung von αἴσθησις) erfaszte zuverlässig sein, dh. also durch den *sensus* kommen nur begriffliche vorstellungen zum bewustsein. aber wie kommen denn die nichtbegrifflichen, unwahren vorstellungen in die seele? gibt es noch einen andern weg zum ἡγεμονικόν als durch das thor der sinne? und in welchem verhältnis stehen denn αἴσθησις und φαντασία zu einander? alle diese fragen läszt der stoicismus auch in seiner entwickelteren spätern gestalt ohne antwort.

Dürfen wir in der that dem Zenon solche widerspruchsvolle bestimmungen und diese unentwirrbare vermischung von subjectiver und objectiver begründung der wahrheit zutrauen? vermutlich doch. denn es läszt sich sonst nicht begreifen, wie die frage nach dem eigentlichen kriterium der wahrheit von den verschiedenen stoikern so verschieden beantwortet werden konnte. hätte Zenon hier einen entschiedenen, klaren standpunct eingenommen, so konnten solche differenzen innerhalb der schule nicht eintreten, wie sie vorliegen. [195]

---

[195] Diog. VII 54 κριτήριον δὲ τῆς ἀληθείας φασὶ τυγχάνειν τὴν καταληπτικὴν φαντασίαν, τουτέστι τὴν ἀπὸ ὑπάρχοντος, καθά φησι Χρύσιππος ἐν τῇ δυωδεκάτῃ τῶν φυσικῶν καὶ ᾽Αντίπατρος καὶ ᾽Απολλόδωρος. ὁ μὲν γὰρ Βόηθος κριτήρια πλείονα ἀπολείπει, νοῦν καὶ αἴσθησιν καὶ ὄρεξιν καὶ ἐπιστήμην· ὁ δὲ Χρύσιππος διαφερόμενος πρὸς αὐτὸν ἐν τῷ πρώτῳ περὶ λόγου κριτήριά φησιν εἶναι αἴσθησιν καὶ πρόληψιν· ἔστι δ' ἡ πρόληψις ἔννοια φυσικὴ τῶν καθόλου. ἄλλοι δέ τινες τῶν ἀρχαιοτέρων στωικῶν τὸν ὀρθὸν λόγον κριτήριον ἀπολείπουσιν, ὡς ὁ Ποσειδώνιος ἐν τῷ περὶ κριτηρίου φησί.

so hielten einige der älteren stoiker, indem sie die subjective seite einseitig betonten, den ὀρθὸc λόγοc, die gesunde vernunft, für das kriterium der wahrheit, wofür sie sich auf die von Zenon angenommene willkürlichkeit der beistimmung, welche nur den weisen den irrtum vermeiden läszt, berufen konnten. ebenso einseitig hob Chrysippos das objective element hervor: denn ihm galt als kriterium die begriffliche vorstellung ohne weiteres oder mit genauerer scheidung der einzelnen momente ein zwiefaches: die sinneswahrnehmung (αἴcθηcιc) und die πρόληψιc dh. der von selbst entstehende natürliche abstracte begriff eines allgemeinen. Boëthos dagegen stellte vier kriterien auf: νοῦc, αἴcθηcιc, ὄρεξιc, ἐπιcτήμη.

Dasz die κατάληψιc nach Cicero von Zenon weder gut noch böse genannt wurde, könnte (falls die angabe richtig ist) wol nur so gemeint sein, dasz sie sich ihrem gegenstande gegenüber völlig gleichgültig verhält, ihn weder zum guten noch zum bösen umgestaltend. wie sie aber zwischen wissenschaft und unwissenheit in der mitte stehen kann, ist nicht recht abzusehen. vielleicht ist der ausdruck schief, oder es liegt ein misverständnis Ciceros vor.

Es sind zwei charakteristische züge, welche in Zenons erkenntnistheoretischen untersuchungen deutlich hervortreten: erstlich wird die zuverlässigkeit alles menschlichen wissens zuletzt auf der untrüglichkeit der sinnlichen wahrnehmung begründet, und zweitens gewinnt dasselbe an wert und bedeutung, je gesammelter die einzelwahrnehmungen auftreten und sich zu einem höheren ganzen in der wissenschaft vereinigen und verbinden. wie also die concrete anschauung der notwendige ausgangspunct ist, so liegt das ziel der erkenntnis in dem abstracten wissenschaftlichen denken. hält man dies fest, so bleibt es nicht fraglich, inwiefern Zenon die Platonischen ideen für blosze phantasiegebilde erklärte (s. anm. 189). dasz Platon unter ideen etwas ganz anderes verstanden hatte, fiel Zenon nicht ein zu leugnen, aber er hielt eben Platons ansicht für irrig und meinte, wenn man vielmehr untersuche, was an ihnen wahres sei und was die ideen in wirklichkeit sind, so ergeben sie sich als rein subjective gedanken, als gattungsbegriffe. ob die καθολικά des Zenon sich hierüber verbreiteten?

Die erkenntnistheorie war vielleicht für Zenon derjenige teil der logik, der ihm am meisten interesse abgewann, jedoch nicht der einzige. wahrscheinlich in folge des verkehrs mit dem Megariker Stilpon behandelte er gleichfalls das capitel von den schlüssen. nach den titeln der erwähnten schriften des Chrysippos (vgl. anm. 32) zu urteilen beschäftigten ihn sowol die eigentlichen syllogismen als auch die inductionsschlüsse, und insbesondere die frage, welche schlüsse als die ersten unerweislichen postulate des menschlichen denkens zu betrachten seien, sowie die verschiedenen formen der schluszbildung (die τρόποι). besonders dunkle puncte dieses ge-
ts wurden wol in den λύcειc und ἔλεγχοι (s. oben s. 11) be-
o chen. trotz der wahrscheinlichen liebhaberei unseres philosophen

für die syllogistik war sie doch keineswegs seine starke seite, was
schon Alexinos herausfand.[196] Alexinos persiflierte die schlüsse Zenons, mit denen er die vernünftigkeit und besceltheit der welt usw.
beweisen wollte, treffend durch einen ganz analogen und mithin
ebenso bündigen, wonach sie gleichfalls poetisch und grammatisch
sein müste. für die schwäche der schluszlehre Zenons sprechen gewissermaszen selbst die mehrfach erwähnten sieben logischen werke
des Chrysippos πρὸς Ζήνωνα, mag nun der jünger den meister
gegen angriffe anderer gerechtfertigt, oder mag er, was mehr für
sich hat, denselben berichtigt und zum teil widerlegt haben.

Mehr an megarische spitzfindigkeiten als an streng logisch ge-
schultes denken erinnert es ebenfalls, wenn Zenon behauptete, von
zwei streitenden brauche man immer nur einen zu hören: denn falls
der erste seine sache erweisen könne, so sei die rede des zweiten unnütz, da ja der sachverhalt bereits klar vorliege; falls aber der erste
nicht im stande sei sein recht zu beweisen, so sei die streitfrage zu
gunsten des andern entschieden und damit werde dessen rede nicht
weniger überflüssig als im erstern falle.[197] wie wenig Zenon selbst
seinen eignen rath in praxi befolgte, beweisen, wie richtig bemerkt
wird, seine eignen schriften widerlegenden inhalts, zb. die πολιτεία, die ἔλεγχοι, und auch der umstand dasz er seinen jüngern das
studium der dialektik empfahl, weil diese zum widerlegen befähige.

Aus der logik der stoiker mag noch manches von Zenon herrühren von dem was zb. aus der kategorienlehre, aus der (von den
stoikern zur logik gerechneten) grammatik und an einzelnen definitionen, wie der der kunst[198] usw. überliefert ist; allein die quellen
lassen uns hier so vollständig im stich, dasz jede vermutung über
derartiges völlig in der luft schweben würde.[199]

---

[196] Sextos c. math. IX 108 ἀλλ’ ὅ γε Ἀλεξῖνος τῷ Ζήνωνι παρέβαλε
τρόπῳ τοιῷδε. τὸ ποιητικὸν τοῦ μὴ ποιητικοῦ καὶ τὸ γραμματικὸν τοῦ
μὴ γραμματικοῦ κρεῖττόν ἐστι, καὶ τὸ κατὰ τὰς ἄλλας τέχνας θεωρού-
μενον κρεῖττόν ἐστι τοῦ μὴ τοιούτου· οὐδὲ ἓν δὲ κόσμου κρεῖττόν ἐστιν·
ποιητικὸν ἄρα καὶ γραμματικόν ἐστιν ὁ κόσμος. [197] Plutarch de stoic.
rep. 8, 1 πρὸς τὸν εἰπόντα «μηδὲ δίκην δικάσῃς, πρὶν ἂν ἀμφοῖν μῦθον
ἀκούσῃς» ἀντέλεγεν ὁ Ζήνων, τοιούτῳ τινὶ λόγῳ χρώμενος· εἶτ’ ἀπέδειξεν ὁ πρότερος εἰπών, οὐκ ἀκουστέον τοῦ δευτέρου λέγοντος· πέρας
γὰρ ἔχει τὸ ζητούμενον· εἶτ’ οὐκ ἀπέδειξεν· ὅμοιον γὰρ ὡς εἰ μηδὲ
ὑπήκουσε κληθεὶς ἢ ὑπακούσας ἐτερέτισεν· (ἤτοι δ‘ ἀπέδειξεν; ἢ οὐκ
ἀπέδειξεν·) οὐκ ἀκουστέον ἄρα τοῦ δευτέρου λέγοντος.» τοῦτον δὲ τὸν
λόγον ἐρωτήσας αὐτὸς ἀντέγραφε μὲν πρὸς τὴν Πλάτωνος πολιτείαν·
ἔλυε δὲ σοφίσματα, καὶ τὴν διαλεκτικὴν ὡς τοῦτο ποιεῖν δυναμένην
ἐκέλευε παραλαμβάνειν τοὺς μαθητάς. [198] so definierte Zenon nach
Olympiodors zeugnis (zum Gorgias 53 f. vgl. Zeller ao. III 1 s. 228 anm.)
die τέχνη als ein σύστημα ἐκ καταλήψεων συγγεγυμνασμένων πρός τι
τέλος εὔχρηστον τῶν ἐν τῷ βίῳ (so bei Lukianos paras. c. 4), also als
eine besondere unterart der ἐπιστήμη. [199] die ansicht Weygoldts
(s. 15), dasz der abschnitt Diog. VII 41—48 fast nur Zenonisches ent-
halte, scheint mir durch den hinweis auf die allgemeinheit des inhalts
und das fehlen der feineren distinctionen des Chrysippos ua., welche
Diogenes nachher erwähnt, nicht ausreichend begründet, um darauf
weitere schlüsse zu bauen.

Zenons verhältnis zur religion.

So weit die ansichten Zenons über die gottheit und deren verehrung teils in seiner jugendschrift enthalten waren, teils nach ihrem streng philosophischen gehalt in das gebiet der physik fielen, musten sie schon oben berührt werden. es bleibt uns noch übrig die stellung, welche Zenon zu dem polytheistischen volksglauben und der griechischen mythologie einnahm, etwas genauer ins auge zu fassen.

Nach den äuszerungen in der politeia, man dürfe den göttern keine tempel bauen, keine bildseulen errichten, nach der gleichstellung von weltvernunft und gottheit und der auflösung alles persönlichen in die allgemeine weltkraft, kurz nach dem durchgeführten pantheismus Zenons erwartet man nicht nur eine freie stellung desselben zum volksglauben, sondern geradezu polemik gegen polytheismus und mythologie als die unvermeidliche consequenz eines solchen standpunctes. und doch finden wir das gegenteil. das bereits sehr morsche und zerfallende gebäude der griechischen volksreligion hat gerade in dem stoicismus eine seiner hauptstützen gefunden gegen den drohenden einsturz und die bald·von den verschiedensten seiten erfolgenden angriffe. diese auffallende erscheinung findet zum groszen teil ihre erklärung in der persönlichkeit und dem eigentümlichen charakter unsers philosophen. bot sein vorwiegendes interesse für ethische fragen, sein energisches und lauteres tugendstreben schon an sich vielfachen anlasz zu einer religiösen weltanschauung, so muste es bei einem halborientalen, den wir selbst wissenschaftliche sätze gern in ein bildergewand einkleiden .sehen, fast notwendig ein inniges verhältnis zwischen philosophie und religion zur folge haben und das bestreben wach rufen, in der sprache der religion eine philosophie in bildern und in der philosophie eine religion in reinerer, wissenschaftlicher form zu entdecken. und was für eine wahl blieb in dem zeitalter, wo der stoicismus ins leben trat, dem religiös gesinnten noch übrig? entweder muste er mit den satzungen der religion, die der gebildete damals als wahre herzensüberzeugung unmöglich noch annehmen und gläubig festhalten konnte, ganz und gar brechen und für sein religiöses bedürfnis einen neuen adäquateren ausdruck suchen, und dazu gehörte eine freiheit des geistes und eine unbefangenheit des urteils, die wir bei Zenon vergeblich suchen — oder aber er muste in der festen überzeugung, dasz der altehrwürdige glaube der väter doch nicht eitel thorheit und irrtum sein könne, hinter der überlieferten form einen tiefern inhalt aufsuchen, der dem eignen glaubensbedürfnis genüge thun konnte, die methode der allegorischen auslegung. diese unter gleichen verhältnissen überall in gleicher weise hervortretende religiöse verirrung hatte sich schon vor Zenon hie und da, wie bei den kynikern, gezeigt, aber mehr vereinzelt; durch die stoiker gelangte sie zu solcher blüte, dasz ihre verhängnisvolle macht fortan sich nicht blosz auf dem gebiete des polytheismus geltend gemacht hat.

Bei dem religiösen zuge seines herzens fand Zenon leicht gründe zur unterstützung seiner orthodoxie. das dasein der götter, so argumentierte er nemlich, wird schon durch die thatsache ihrer verehrung bewiesen: denn es wäre doch ungereimt wesen zu verehren, welche gar nicht existieren.[200] so schwach diese beweisführung auch ist, so dürfen wir sie dem Zenon, der zu ihr mehrere seitenstücke aufzuweisen hatte, gerade auf dem gebiete der religion, wo so oft sonst möglichst vorurteilsfreie männer sich befangen zeigen, gar wol zutrauen.

Die brücke, welche unsern philosophen von der éinen weltkraft des alls zu den vielen göttern der griechischen mythologie führte, war mit hülfe allegorischer deutung leicht zu bauen. die durch die welt verbreitete vernunft ist für ihn nichts anderes als das was der volksglaube Zeus nennt.[201] diese schöpferisch gestaltende, allumfassende urkraft teilt sich bei ihrem lauf durch das all in viele je nach dem ort ihrer wirksamkeit verschieden benannte einzelkräfte, die dann ebenfalls wie jene urkraft in der religion als einzelne göttergestalten bezeichnet werden.[202] die menge der götter rechtfertigte Zenon demnach durch physikalische allegorie, wobei er die ursprüngliche vorstellung sie als wirkliche personen zu denken für dichterische fabel erklärte.[203] mit auszerordentlicher geduld, die einer bessern sache würdig gewesen wäre, verschwendeten Zenon und mehr noch seine nachfolger ihren scharfsinn, um alle die zahllosen götternamen physikalisch zu erklären[204], was sich oft nur mit hülfe der haarsträubendsten etymologien bewerkstelligen liesz. proben derselben sind uns von den unmittelbaren schülern Zenons in menge überliefert, namentlich von Kleanthes[205]; doch auch Zenon selbst musz darin erhebliches geleistet haben. es findet sich nemlich eine stelle bei Cicero (s. oben anm. 65), wonach Zenon den Zeus,

---

[200] Sextos c. math. IX 133 Ζήνων δὲ καὶ τοιοῦτον ἠρώτα λόγον· «τοὺς θεοὺς εὐλόγως ἄν τις τιμῴη· τοὺς δὲ μὴ ὄντας οὐκ ἄν τις εὐλόγως τιμῴη· εἰσὶν ἄρα θεοί.» [201] Lactantius *inst.* IV 9 *Zenon rerum naturae dispositorem atque opificem universitatis λόγον praedicat, quem et fatum et necessitatem rerum et deum et animum Iovis nuncupat, ea scilicet consuetudine qua solent Iovem pro deo accipere.* [202] Stobäos ekl. I 64 οἱ στωικοὶ νοερὸν θεὸν ἀποφαίνονται, πῦρ τεχνικόν, ὁδῷ βαδίζον ἐπὶ γενέσει κόσμου, ἐμπεριειληφὸς πάντας τοὺς σπερματικοὺς λόγους καθ᾽ οὓς ἅπαντα καθ᾽ εἱμαρμένην γίνεται, καὶ πνεῦμα ἐνδιῆκον δι᾽ ὅλου τοῦ κόσμου, τὰς δὲ προσηγορίας μεταλαμβάνον διὰ τὰς τῆς ὕλης, δι᾽ ἧς κεχώρηκε, παραλλάξεις· θεοὺς δὲ καὶ τὸν κόσμον καὶ τοὺς ἀστέρας καὶ τὴν γῆν· ἀνωτάτω δὲ πάντων νοῦν ἐναιθέριον εἶναι θεόν. [203] Cic. *de nat. deor.* II 24, 63 *alia quoque ex ratione et quidem physica magna fluxit multitudo deorum, qui induti specie humana fabulas poetis suppeditaverunt, hominum autem vitam superstitione omni referserunt. atque hic locus a Zenone tractatus post a Cleanthe et Chrysippo pluribus verbis explicatus est.* [204] Cic. *de nat. deor.* III 24, 63 *magnam molestiam suscepit et minime necessariam primus Zeno, post Cleanthes, deinde Chrysippus, commenticiarum fabularum reddere rationem, vocabulorum cur quidque ita appellatum sit causas explicare.* [205] so zb. Plutarch de Iside c. 66 Φερσεφόνην δέ φησί που Κλεάνθης τὸ διὰ τῶν καρπῶν φερόμενον καὶ φονευόμενον πνεῦμα.

die Hera und die Hestia physikalisch umdeutete, und an einer andern
stelle desselben schriftstellers werden neben diesen noch umdeu-
tungen anderer gottheiten mitgeteilt[206] in übereinstimmung mit den
angaben des Diogenes.[207] da nun die zu Herculaneum aufgefundene
schrift des Philodemos einem ältern stoiker (dessen name nicht
leserlich erhalten, aber durch conjectur wiederhergestellt ist) die ansicht zuschreibt, die einzelnen götter seien teile der durch die elemente verteilten Zeuskraft, so hat Krische (forschungen I s. 398) mit
grund behauptet, dieser stoiker sei ohne zweifel unser Zenon selbst.

Fragt man genauer, was denn alles auf diesem allegorisierenden
wege sich dem Zenon als göttlich ergab, so weisz Cicero an der erwähnten stelle (anm. 65) als solches den äther, die gestirne, die monate und jahreszeiten zu nennen. von diesen dingen wurde der
äther, der als feinster elementarstoff dem urstoff am nächsten steht
und vermöge seiner lage an der oberfläche der weltkugel alles andere
umfaszt, öfters (vgl. die anm. 206 erwähnte stelle) von den stoikern
als Zeus selbst bezeichnet. die gestirne galten schon lange vor Zenon
als göttliche wesen, und die sonne als Apollon, den mond als Artemis zu deuten lag sehr nahe. monate und jahreszeiten sind pro-
ducte der bewegungen der himmelskörper und wol nur insofern von
Zenon göttlich genannt worden. wenn aber Zenon den äther zu Zeus
personificiert hat, so lassen sich nicht ohne grund die bei den stoikern
herschenden personificationen der übrigen drei elemente ihm ebenfalls beimessen, wonach die dem äther benachbarte luft des Zeus
gattin Hera, das meer deren bruder Poseidon, die erde der dritte
bruder Pluton sein sollte. solche einzelne deutungen der obersten
olympischen götter Zenon zuzuschreiben ist gerechtfertigt, weil wir
wissen dasz er selbst die Titanen physisch-etymologisch deutete.[208]

Neben der physikalischen umdeutung der götter findet sich bei
Persäos, einem unmittelbaren schüler Zenons, noch eine andere art,
die anthropologische. Persäos hielt dafür, wolthäter der menschheit
und zum teil auch die wolthaten, welche wir ihnen verdanken, seien
in alten zeiten von den dankbaren menschen vergöttert worden.[209]

---

[206] Cic. *de nat. deor.* II 25, 64 ff. werden folgende stoische deutungen
erwähnt: Kronos gleich χρόνος die zeit, Zeus ist der äther, Hera die
luft, Poseidon das meer, Pluton die erde, Demeter = γῆ μήτηρ, Apollon
die sonne, Artemis der mond.   [207] Diog. VII 147 Δία μὲν γάρ φασι δι᾽
ὃν τὰ πάντα, Ζῆνα δὲ καλοῦσι παρ᾽ ὅσον τοῦ Ζῆν αἴτιός ἐστιν ἢ διὰ τοῦ
Ζῆν κεχώρηκεν, Ἀθηνᾶν δὲ κατὰ τὴν εἰς αἰθέρα διάτασιν, Ἥραν δὲ κατὰ
τὴν εἰς ἀέρα, καὶ Ἥφαιστον κατὰ τὴν εἰς τὸ τεχνικὸν πῦρ, καὶ Ποσει-
δῶνα κατὰ τὴν εἰς τὸ ὑγρόν, καὶ Δήμητρα κατὰ τὴν εἰς γῆν· ὁμοίως
δὲ καὶ τὰς ἄλλας προσηγορίας ἐχόμενοί τινος οἰκειότητος ἀπέδοσαν.
[208] Zenon verstand unter den Titanen die στοιχεῖα der welt, unter
den Kyklopen die kreisbewegungen am himmel. ihre namen deutete er
physisch: Κοῖος = ποιότης, Κρεῖος = τὸ βασιλικὸν καὶ ἡγεμονικόν,
Ὑπερίων (von ὑπεράνω ἰέναι) = ἡ ἄνω κίνησις, Ἰάπετος (von ἵεσθαι
und πέτεσθαι) die nach oben strebende kraft der leichten körper. so
Krische ao. s. 397 nach den scholien zu Hesiodos.   [209] Cic. *de nat.*
deor. I 15, 38 *Persaeus, eiusdem Zenonis auditor, eos dixit esse habitos*

diese ansicht findet sich schon bei dem sophisten Prodikos.[210] in den stoischen gedankenkreis liesz sie sich einfügen durch den satz, dasz sich in den dingen, welche dem menschen nutzbar sind, die wolthätige wirksamkeit der gottheit in eigentümlicher weise offenbare.

Durch die umwandlung der götter in elementargeister so zu sagen und die auflösung derselben in teile des Zeus erhielt letzterer eine ganz hervorragende stellung und bedeutung (wie er sie freilich bei den gebildeten seit den zeiten der groszen tragiker längst einnahm): er wurde geradezu der einzige wahre gott, aus dem alles hervorgegangen ist und zu dem alles zurückkehrt; er allein soll die katastrophe, die alles, auch die übrigen götter überwältigt, den weltbrand, siegreich überdauern. so lehrten Kleanthes und Chrysippos.[211] sollte Zenon anders geurteilt haben?

Hören die götter auf personen zu sein, so fällt die verehrung derselben durch tempelbauten, durch menschenähnliche bildnisse, durch opfer und andere äuszerlichkeiten von selbst als thöricht hinweg. daher wird Zenon bei den in der politeia hierüber geäuszerten scharfen worten wol auch in reiferen jahren geblieben sein und wie seine nachfolger die des weisen würdige art der gottesverehrung in vernunftgemäszem handeln und tugendhafter gesinnung gefunden haben.

Es scheint als ob Zenon einen groszen teil seiner theologischen allegorien bei gelegenheit seiner auslegung der Homerischen und Hesiodischen dichtungen niedergelegt hat. den Homer erklärte er übrigens für durchaus zuverlässig und fand seine schriften ohne widersprüche, nur, äuszerte er, dürfe man nicht vergessen dasz der dichter bald die unverhüllte wahrheit ausspreche, bald hingegen sich in seinen worten dem herschenden glauben der leute anbequeme (s. anm. 33). bei einer exegese von solcher kühnheit kann es nicht befremden, wenn gelegentlich der überlieferte text willkürlich geändert wurde, um einen dem philosophen passend erscheinenden sinn zu geben, wie uns Strabon ein beispiel der art aus der Odyssee (δ 84) überliefert.[212] von der auslegung des Hesiodos haben wir gleichfalls noch ein paar proben erhalten. das Χάος (theog. 116)

---

deos, a quibus magna utilitas ad vitae cultum esset inventa, ipsasque res utiles et sa utares deorum esse vocabulis nuncupatas, ut ne hoc quidem diceret, illa inventa esse deorum, sed ipsa divina.

[210] Sextos c. math. IX 18 Πρόδικος δὲ ὁ Κεῖος «ἥλιόν» φησι «κὰι σελήνην καὶ ποταμοὺς καὶ κρήνας καὶ καθόλου πάντα τὰ ὠφελοῦντα τὸν βίον ἡμῶν οἱ παλαιοὶ θεοὺς ἐνόμισαν διὰ τὴν ἀπ' αὐτῶν ὠφέλειαν, καθάπερ Αἰγύπτιοι τὸν Νεῖλον». [211] Plutarch comm. not. 31, 5 ἀλλὰ Χρύσιππος καὶ Κλεάνθης ἐμπεπληκότες ὡς ἔπος εἰπεῖν τῷ λόγῳ θεῶν τὸν οὐρανὸν, τὴν γῆν, τὸν ἀέρα, τὴν θάλατταν, οὐδένα τῶν τοσούτων ἄφθαρτον οὐδ' ἀίδιον ἀπολελοίπασι πλὴν μόνου τοῦ Διὸς, εἰς ὃν πάντας καναλίσκουσι τοὺς ἄλλους. [212] Strabon XVI s. 784 Cas.: τοῦ δὲ ποιητοῦ λέγοντος· Αἰθίοπάς θ' ἱκόμην καὶ Σιδονίους καὶ Ἐρεμβούς, διαποροῦσι· . . . ὁ μὲν οὖν Ζήνων ὁ ἡμέτερος μεταγράφει οὕτως· καὶ Σιδονίους Ἄραβάς τε. vgl. I s. 41. VII s. 299.

wurde nach der etymologie von χεῖϲθαι als wasser gedeutet (Krische ao. s. 395), v. 118 und 119 für unecht erklärt, so dasz Eros (v. 120) aich als drittes erzeugnis ergab: 1) Chaos == wasser, 2) Gaia == erde, 3) Eros == feuer. (ebd. s. 396). auch behauptete Zenon (nach Krische zur erläuterung von theog. 126 — 128), Hesiodos sei der erste gewesen, welcher den οὐρανόϲ κόϲμοϲ und die erde rund nannte. [213]

Es ist nicht die erfreulichste seite der philosophie Zenons, mit der wir unsere untersuchung beschlieszen. eine solche ehe, wie philosophie und theologie hier mit einander eingiengen, konnte nur zum beiderseitigen verderben gereichen. das religiöse moment des stoicismus erwies sich zwar lange genug in einem zeitalter allgemeinen verfalls wirksam und heilsam, aber nur wegen seines sittlichen, nicht wegen seines wissenschaftlichen ernstes. dem neu entstehenden christentum gegenüber hat die eigentlich religiöse seite der stoischen weltanschauung nicht stand halten können; wol aber hat der kern des systems, die ethik Zenons, in der geschichte der philosophie einen bleibenden wert zu beanspruchen. ihre rigoristische strenge übte in der not auf starke charaktere zu allen zeiten einen begeisternden zauber von mächtigster wirkung und entflammte selbst schwache gemüter zum heroismus, und die reinheit und wissenschaftliche consequenz ihres grundsatzes von der alleinherschaft der tugend sehen wir noch im achtzehnten jahrhundert bei einem Kant in verjüngter gestalt wieder aufleben.

---

[213] Diog. VIII 48 τὸν οὐρανὸν πρῶτον ὀνομάϲαι κόϲμον καὶ τὴν γῆν ϲτρογγύλην (Πυθαγόραν ὁ Φαβωρῖνόϲ φηϲιν)· ὡϲ δε Θεόφραϲτοϲ, Παρμενίδην· ὡϲ δὲ Ζήνων, Ἡϲίοδον.